甜咖啡
圖·手
在座寫輕小說的各位，全都有病

在座寫輕小說的各位，全都有病
09
攻略大英雄吧。

在座寫輕小說的各位，全都有病 9

目錄

第一章 擅長捉弄人的雛雪同學 005
第二章 身旁的怪人社美眉 045
第三章 Happy Sugar Travel 065
第四章 異世界英雄與芷柔大人的電影時間 089
第五章 祈願！就算到了異世界也要來場戀愛 149
第六章 柳天雲的戀愛太難 179
第七章 溫泉旅館營業中 197
第八章 FATE／AGAIN 218
後記 250

第一章

擅長捉弄人的雛雪同學

畢業旅行的前夕，C高中的校園內颳起了話題旋風。

「吶吶，聽說了嗎？這次跟A高中一起參加的畢業旅行，是採取班級制的小組行動唷。」

「欸——!?真的假的？本來想跟別班的朋友一起玩的……好可惜哦。」

「不過這樣子，可以跟原本的朋友一起行動，或許也不錯吧？畢竟自從晶星人降臨後，班級編制被打亂，就很少有聚在一起的機會了。」

「唔……也是呢。」

先不論學生們的閒談。

在出發的前一天，整所C高中的營運，徹底重新回到晶星人降臨前的狀態。大家都規規矩矩待在屬於原先的班級裡，由班導師帶領，興奮地討論該怎麼進行分組。

因為大家都在準備畢業旅行的緣故，怪人社已經兩天沒有進行社團活動。

我也重新回到二年C班，坐在屬於自己的角落裡，望著窗外發呆。

吵吵鬧鬧的教室，臺上戴著黑框眼鏡的男性班導師，還有孤身一人的我，一切都與以前相同。

「有多久沒過這種日子了呢……」

不需要拚命練習寫作。

不需要擔心社團作業。

如果不是窗外的遠處景色已經變成大海，帶著潮溼氣味的海風也不斷吹來，說不定我會誤以為晶星人根本沒有降臨，一切都只是惡夢。

不過，就算是惡夢，這也不會是令人絕望的惡夢。

因為，只要有怪人社的存在，就算再怎麼幽暗無光的的夢境……那帶有繽紛的希望光彩，就不會徹底消失吧。

也就是說，只要追循著那光……就算是獨行俠，也能找到屬於自己的容身之處吧。

「……」

因為很久沒坐在這個位置上的關係，所以桌面跟抽屜裡有一些灰塵，我開始進行簡單的打掃。

「啊……這是？」

我有點意外地從抽屜裡摸出一張皺巴巴的紙條。

紙條上沒有署名，但那熟悉的字跡……與充滿孤獨俠風格的敘事風格，使筆者的身分呼之欲出。

想起來了，之前在下課時間，因為沒有朋友可以一起玩的關係，很閒的我偶爾會在紙條上寫下類似「心情札記」的東西。

但是，過了將近一年這麼久，其實我也忘記自己寫過什麼了。

……來看看紙條上的內容吧。

「人，不需要朋友。」

紙條上第一個斷句，直接表明了主題。

「因為，所謂的『友誼』只不過是利益與利益的交換，脆弱且不堪一擊。在衡量利益的天平向某方產生極度傾斜時，和平的表象將徹底決裂，以虛偽為食的人心怪獸也會趁機不斷成長膨脹、成長膨脹……最後惡狠狠地張開血盆大口，將弱勢的一方吞噬殆盡。

「也就是說，只有自身的強大，才是立足於世的根本與保證。

「再來，因寂寞而需要朋友，更是愚蠢至極。

「說穿了，寂寞、孤獨、空虛等等情緒，不過是一種心境上的弱點。如果內心足夠堅強就不會感到孤單，若是需要別人的幫助才能消除己身的心境弱點，無疑是弱小的最佳證明。

「——不醉心於自身的強大，反而將希望寄託於他人身上，藉助別人的想法來踏出屬於自己的腳步……在人生的道路上，沒有比這更可悲的逃避行為。

「綜上所述，可以得出以下結論——人，不需要朋友。」

紙條上的文字沒了。

「……」

捏著手中的紙條，從幾乎要淡忘過去的回憶裡，一股無法抑止的茫然感，瞬間流遍全身。

紙條上，明明只是短短的幾行文字，卻道盡筆者的心境。

這個我……還未重拾寫作之前的我……始終是獨自一人。

缺乏夥伴，沒有依靠，不相信任何人。因為退後一步就是萬丈深淵，所以別說是失敗了，就連小小的差錯都不能產生。

「差太多了……」

是的，差太多了。

過去的我，絕對不會產生「如果能在某處找到容身之處就好了」這種想法。

正因為清楚意識到「過去的我」與「現在的我」兩者之間的差別，湧起的茫然才會如此深刻……那是跨越了思想的橋梁後，帶著苦澀意味的複雜情緒。

「……」

恍惚間，時光彷彿在瞬間倒流，我看見了過去的我，他站在代表無盡孤獨的陰影處。那裡既深邃又黑暗，看不見任何光彩與希望。

「哈哈哈哈哈……哈哈哈哈哈……哈哈哈哈哈哈……」

他在笑，按著臉哈哈大笑。

那雙與我一模一樣的眼睛，笑到幾乎要流出眼淚。

「……未來的我，這就是你的選擇嗎？捨棄了孤獨，背叛過去的自己，但是你得到了什麼？」

他的語氣充滿蔑視。

「不，你什麼也沒得到。你捨棄了孤獨，換來的……僅僅是無法守護任何人的弱小。

「未來的我，你不覺得奇怪嗎？明明辛苦修煉了這麼久，實力卻還是不如當年的自己……你真的不明白原因嗎？

「哼……少裝蒜了。你明白的，至少在你的內心深處，一定瞭解原因。

「當年的你……身為獨行俠的你……那個不受任何束縛，沒有任何情感包袱的你……才是最強的。

「聽好了，如果不斷除多餘的情感，重拾真正的獨行之道，你永遠會是『曾經的自己』眼中的弱者!!」

……!!

那個「過去的我」，在我眼中的模樣，如幻影般不斷搖晃。

但是，他的話語卻如銳利的刀刃般，一下又一下直刺我的內心，令我喘不過氣來。

為了擺脫對方的糾纏，我在內心對著「過去的我」發出怒吼。

「──住口!!」

「你明明什麼都不知道……明明什麼都不瞭解……!!」

沁芷柔……輝夜姬……風鈴……雛雪……桓紫音老師……怪人社所有成員的模樣，輪流在我意識中閃現。一幕幕彼此相處的場景，也接連出現。

接著，在內心深處，我拚命提高音量反駁對方。

「進入怪人社的這些日子，我體會到了過去從來沒有的快樂。也始終走在『本心之道』上，沒有產生任何動搖，未曾留下絲毫遺憾，我看見了你沒有看到過的風景，也看見了共同努力所產生的未來，那是你完全無法想像的嶄新道路!!

「就算你是『過去的我』，若是繼續以妄言試圖動搖一切，我也不會饒恕你！」

對面，那個過去的我，他再次笑了。

他的笑容雖然充滿譏諷，但卻像早料到我的回答那樣，笑得理所當然。

「果然嗎？談判破裂了呢。」

他朝我伸出右手。

就像要隔空將我狠狠捏住那樣，他的五指張開至極限，動作充滿堅定感。

「那麼──」

湊巧的是，並沒有經過任何商量，但是激烈地反駁對方的我，也在同一時間伸出右手，對「過去的我」做出一模一樣的動作。

兩人探出的手掌心，透過無盡的虛無，遙遙相對。

就在此時，我們兩人同時發言。

「就算你是未來的我……我也會斬除你的身影，斬出屬於自己的道路！」

「就算你是過去的我……我也會斬除你的身影，斬出屬於自己的道路！」

過去，未來。

只在細微處有所差別的兩句臺詞，卻象徵截然相反的兩條道路。

「……!!」

就在這時，幻覺消失了。

我眼前的景象，重新回到現實生活中的世界。

「欸～～!!老師，為什麼只能五人一組，人數太少了啦！」

「話說畢業旅行到底會去哪呀？該不會是去吸血鬼城堡之類的地方參觀吧!!」

「咦？聽你這麼一說，我覺得很有可能耶。」

二年C班教室內，依舊在討論畢業旅行的相關事宜。從分組到旅行地點的投票討論，在歸納好之後會統一上繳到校務處，因為這次A高中也會參加畢業旅行的關係，所以事前的準備十分繁複。

與周圍熱鬧的景象相比，坐在教室角落保持沉默的我，顯得格外特殊。

不過，現在的我也完全沒有心情理會別人。

「剛剛的幻覺……那個『過去的我』……到底是怎麼回事？」

我努力整理紊亂的思緒。

「跟之前夢見的，那種充滿血與火的怪夢不一樣。這並不是因莫名要素產生的幻覺……而是切切實實、從我能深刻理解的心靈深處，所幻化出的景象……」

那個景象——身處無盡黑暗中，獨自一人的我，不管是氣息還是心境，一切都令人感到無比熟悉。

那正是一年前的我。

不被任何人所理解，不被任何人所接受，甚至就連存身於世的意義也徹底失去。只是單純、機械式地維持自己的生命，渾渾噩噩地度過每一天。

然而，那個過去的我……毫無疑問，非常強大。

因為孤獨，所以傲。

因為孤獨，所以強。

即使在我變得十分快樂的現在……那個不能因任何事物退縮的「過去的我」，因為背後就是萬丈深淵，即使成為了內心深處的幻影，也在倔強地彰顯自己的主權。

從很久很久以前開始，我本來也以為自己會在獨行俠之道上不斷前行。將自身的寂寞化為不滅之火，做為前進的燃料，直到成為獨行俠之王為止。

可是，進入怪人社後，我的想法逐漸改變。

「……夥伴。」

「……這就是夥伴嗎？」

在怪人社內，我擁有可以依靠的夥伴，即使退後一步也不會落入萬丈深淵中。將孤獨的苦痛取而代之的……是前所未有的安心感。

這份安心感，既溫暖又無比明亮，令一直處於冰冷黑暗中的我……耀眼到幾乎無法直視。

……與此同時，我也感到沁入靈魂深處的恐懼感。

……我恐懼著C高中戰敗後，怪人社會就此覆滅。

……也恐懼著，如果繼續保持過往的孤高，將不再擁有身處怪人社的資格。

為了排除這份恐懼，我早已捨棄「孤獨之力」，並將其盡數轉換為「守護之力」。

因為，唯有同樣性質的光明能守護溫暖。冰冷的黑暗，所能做到的僅僅只是毀滅。

所以。

如果有人想動搖C高中，動搖怪人社——哪怕是「過去的我」也無所謂，我也會以這份守護之力，將其——

「斬除!!」

「柳天雲大人？」

近在咫尺的呼喚聲，使我回過神來。

不知道從什麼時候開始，我的座位旁圍滿了人，而且幾乎都是女孩子。

仔細觀察，剛剛畢業旅行的討論似乎已經進入下一個階段，現在開始進入分組階段。

以極度前傾、將雙手按在桌上的侵略姿態，許多同班的女孩子們展開激烈的競爭。

「柳天雲大人，畢業旅行時，您可以跟人家一組嗎？」

「不，跟我一組！」

「欸？我才是第一個來的耶！妳們竟然插隊，太過分了！」

這些人的對話才開始不到十秒，場面就已經產生濃濃的火藥味。

……啊啊，感覺事情要變得麻煩了。

坦白說，我並不擅長應付這類場面。即使經過怪人社的洗禮……對我來說，少女的想法依舊充滿謎團。

再仔細一看，圍繞在我桌邊的這些少女，有不少都是面容姣好的美少女，雖然比不上怪人社成員的平均水準，但也充滿青春魅力。

二年C班本來就很多漂亮的女孩子。

但是，善於以強勢程度來分割領地與劃分地位的人類本性，在二年C班也發揮了作用。

處於班級女生裡地位最高的辣妹團體，在這時候橫插入人群，鎮壓場面，取得絕對上風。

二年C班的辣妹團體，由桃花、千秋、咲夏這三名女生組成。從以前開始她們在打扮上就特別花心思，配戴許多耳環、項鍊之類的裝飾，時尚感十足，也會裁剪水手服的裙子，挑戰校規的極限做出性感打扮。這三人也常常與其他學校的男生聯誼，聽說在男生裡非常有人氣。

先驅散其他女生後，由為首的桃花帶頭，這三人一起走了過來。

「嘻嘻，柳天雲大人，要不要考慮我們呢？」

對我眨眨左眼，桃花把手按在胸前推薦著自己。

「對呀，跟我們一起玩的話～～肯定會很好玩的哦！超級好玩!!」

千秋也附和。

「一起在畢業旅行留下難忘的回憶吧！好不好？好不好嘛？」

咲夏更是直接牽起我的手，一邊擺動，一邊對我撒嬌。

……嗚哇。

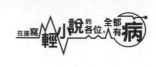

我果然不擅長應付這類場面。

不知道要怎麼拒絕的我，被班上的少女們步步進逼。

迫於無奈，我以近乎逃跑的狼狽姿態，離開二年C班的教室，走到比較少人的B棟大樓。

B棟大樓本來是用來實驗化學的複合型辦公大樓，但在晶星人入侵後實驗停止，這棟大樓變得很少有人來。

「……果然嗎。一直在班上身為獨行俠的我，被熱烈邀請，感受非常微妙。」

大海就在可以眺望之處，望著遠處起伏的海浪，我深深呼出幾口氣，平靜自己的思緒。

稍微冷靜下來之後，一股哀傷卻忽然湧起。

那哀傷的起因……無他。

「她們追求的……並不是柳天雲，而是被功名與光環所包圍的『英雄』……」

「這些人渴望接近的，也僅僅是『英雄』這個虛名而已。」

在過去，在班上不起眼到甚至連名字都會被遺忘的我，會這麼受歡迎，只有一個可能性。

……因為，被冠以「大英雄」名號的我，已經成為學生們眼中的救世主。

名氣就像太過繽紛的色彩，會掩蓋一個人的本質，將真相埋藏於未知之地。

換句話說，這些人眼中看見的事物，已經不是柳天雲本身，而是那足以拯救C高中的實力與名氣。

「如果現在的我……依舊是那個處於封筆狀態……一事無成的我……

「這些人……還會接近我嗎？」

幾乎是無意識間，發出如夢囈般的自語。

這自語，雖是詢問，卻早已帶上明瞭答案的悲哀。

「如果現在的我……依舊是那個處於封筆狀態……一無所有的我……

「這些人……還會對我露出笑容嗎？」

呼……呼……

呼嘯的海風自耳邊而過。

然而，海風雖強，心中的哀傷卻更強。

剛剛在二年C班內的歡騰氣氛就像虛假的那樣，在回憶起來時，給人一種搖曳不定的模糊感受。

在B棟大樓內信步而行，轉過一個又一個彎，狹長的走廊就像永遠也走不完那樣，在視野中不斷延伸……延伸，直到走廊的彼端出現一個小黑點為止。

……小黑點？

再仔細一看，原來那個小黑點，是一個抱著腿坐在地上的嬌小身影。

那個人穿著毛茸茸的卡通大熊套裝。

「……雛雪？」

不需要瞇起眼睛，從遠處就能輕易認出雛雪的身分。

因為就「不分季節、而是根據心情來決定服裝」這點來說，這傢伙可以說是C高中第一任性。如果不是在海邊看過雛雪換上泳裝，我會以為她中了不能脫下動物套裝的詛咒。

「……？」

大概是聽見我的腳步聲，雛雪轉頭向我看來。

「……學長。」

接著，雛雪向我舉起繪圖板。在文字的下面，雛雪畫上了大大的笑臉。

熟悉的圖，熟悉的字，還有熟悉的人。

就在此時。

莫名地……

莫名地，在接觸熟悉事物的瞬間，原本因為悲哀而產生的負面情緒，瞬間被拋到了腦後，潛藏至內心最深處。

就像疾病得到某種治療那樣，雛雪的出現，緩和了我的焦躁與痛苦。

我快步向雛雪走去。

雛雪以雙手環抱著膝蓋，背靠著教室牆壁而坐。她拍了拍身旁的地板，示意我坐那邊。

「妳在這裡做什麼？」

在雛雪身旁坐下後，我問。

「雛雪……在看天空。」

「天空？」

「是的，天空，學長你看。」

順著雛雪手指的方向看去，我的目光越過圍牆上的欄杆，注視著蔚藍的天空。

天空上，滿布著奇形怪狀的雲朵，那雲朵密集到幾乎連太陽都要遮擋……但是，在細微的雲層夾縫間，依然有刺目的陽光投射而下，那艱辛地穿過層層阻礙的光芒，顯得更加明亮與璀璨。

「妳喜歡天空？」

「……很喜歡，不過雛雪要事先聲明，對於天空的喜歡，只有對學長一半的喜歡。」

呃……

因為雛雪的表情不像在開玩笑，雖然已經聽習慣雛雪的告白，但我還是感到有點尷尬。

為了化解那份尷尬，我只好隨口說笑。

「只有一半的喜歡嗎……妳該不會很討厭天空吧？」

「……——!!」

以幅度激烈的動作，雛雪搖晃著戴著卡通大熊套裝的頭部。

動作替代言語，她的架式，對於我的發言有著強烈的反駁企圖。

……好吧。

我把雙手手掌豎起搖晃，擺出安撫的的樣子，接著把話題拉回天空上。

於是我繼續發問：

「那麼，妳為什麼喜歡天空？」

「……就是喜歡。」

跟剛剛的回答相反，這次雛雪的回答很簡略。

……也是，處於無口狀態，還沒轉換成第二人格的她，只要不牽扯到色色的事，個性通常都相當淡漠而恬靜。

如果是雛雪、輝夜姬、沁芷柔，甚至是桓紫音老師，這些平常就善於描繪心中故事的人，面對我的提問，恐怕能侃侃而談，毫無彆扭地敘述自己的想法吧。

但是，在雛雪這裡，不管是從繪圖板上那不帶溫度的文字，或是從那一對淡然的愛心眸裡，我都無法讀出絲毫情緒。

……在回答上也十分任性啊，這傢伙。

我搔了搔臉頰，轉開話題。

「話說，妳怎麼會在這裡呢？大家現在都在教室裡討論畢業旅行的分組吧。」

「……」

雛雪第一時間沒有回答。

沉默了片刻後，她的愛心眸從天空上慢慢轉過視線，不斷旁移……旁移，最後停留在我身上。

「雛雪的答案，大概跟學長差不多。」

「是這樣嗎？」

聞言，我忍不住發笑。

因為曾經立志當獨行俠之王的關係，我一直覺得自己的意見很特殊，所以跟別人的想法志同道合，這對我來說非常新鮮。

雛雪瞄了我一眼。

「是的唷，畢竟雛雪跟學長肉體的契合度這麼高，心靈上的交合當然也不會互相排斥。」

「我說妳啊……可以不要一臉冷靜地說出這麼變態的話嗎？這裡用『有默契』來形容不是比較好嗎！」

「不行，因為雛雪的夢想就是與學長用各式各樣的意念進行心靈交合，敞開心胸接受學長濃厚的思想產物。」

「喂喂……就算妳把話說得這麼難懂，也不會改變妳是個變態的事實喔！」

我頭痛地按住太陽穴。

單純只論外表的話，雛雪是個完美的美少女，但一旦加總性格因素，就會變成

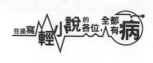

殘念到不能再殘念的怪人。

如果時光倒流回一年前，我剛剛碰見雛雪的話，此刻想必會手足無措。

其實不光是我，沁芷柔、風鈴、輝夜姬，桓紫音老師，大概怪人社的所有人都曾經被雛雪的怪異行徑給打敗過。

但是，在歷經將近一年時光洗禮的現在，我已經變得擅長應付雛雪。

雛雪這傢伙……看似想到什麼就說什麼，但其實坦率的方面僅限於色色的事。說話喜歡拐彎抹角，這才是雛雪的本性。

於是，我以言語直擊要害。

「……是因為在班級裡沒有朋友嗎？感到寂寞，所以離開了班上，獨自一人來這裡看著天空。」

雛雪一愣。

「……」

她雖然保持沉默，但是我注意到，雛雪原先環抱著膝蓋的手臂，就像想要將整個身體縮進懷抱裡那樣，變得更加緊縮，臉也埋進了大腿裡。

看到雛雪的舉動，我立刻後悔自己剛剛的直率。

雖然是怪人，不過雛雪本質上依舊是個女孩子，有著脆弱的一面，並不是誰都能擁有獨行俠之王的剛強。

維持著難過的抱縮動作，雛雪就這麼靜靜待了十秒鐘。

十一秒鐘。

十二秒鐘。

我不知所措地抓了抓頭髮。

「那個……」

就在累積的悔意即將潰堤的瞬間，雛雪的臉忽然從大腿裡抬起。

與剛剛徹底相反，重新現於陽光下的那張臉，已經盈滿狡獪的笑意。

「騙——你——的——唷——!!學長是容易上當的大傻瓜!!」

言語裡，蘊含著與臉上笑容不相上下的濃厚欣喜。

在指著我的臉，開口揶揄的同時，雛雪朝我眨了眨左眼。

「……不過，就算是雛雪，也會被學長的鬼畜言語傷害的唷！這句話是真的！」

「——什麼跟什麼啊？妳這傢伙。」

到底哪句話是真的，哪句話又是假的呢？

對於雛雪半真半假的說話方式，我有點招架不住。

「……所以說，雛雪要求補償！補償的唷!!」

就在此時，不等我有所回應，雛雪直接開始動作。

先是用力打開我的雙腿，接著雛雪一屁股往我雙腿中間坐下，形成了男後女前的環抱姿勢。

因為雛雪身材嬌小的關係，在這種姿勢下，她的頭頂只能剛好頂到我的下巴，動物布偶裝的絨毛讓我鼻端有點發癢。

對面雛雪突如其來的行為，我嚇了一跳。

「妳……妳在搞什麼鬼啊？」

「……雛雪都說了要求補償。」

「這哪是什麼補償啊！」

「別多說了！學長乖乖把腿打開就對了！」

說著像是即將被打倒的三流混混在施暴前的臺詞，雛雪就這麼安然坐下，甚至把腦袋都躺在了我的胸膛上。

……如果現在直接站起來走人的話，不知道會發生什麼事。為了避免雛雪鬧起彆扭，按兵不動應該是最明智的抉擇。

在這時候，我忽然發現一件事。

雛雪不知道從什麼時候開始，已經停止用繪圖板寫字，而是直接開口說話。根據以往的經驗，開口是第二人格才有的特權。但是現在雛雪即使接近了我，也沒有變成第二人格的跡象，卻可以正常說話。

……好奇怪，這是為什麼呢？

思索著不明的疑問，但我沒有勇氣直接詢問雛雪本人，天知道會得到什麼答案，或是雛雪會做出什麼反應。會與怪人產生化學效應的東西，最好還是少出現為妙。

雛雪靜靜躺在我懷裡，在我進行思索的這段空白裡，兩人就這樣一直保持沉默。氣氛彷彿逐漸凝結，體感時間也變得極為緩慢，只有天空上不斷變幻形狀的白雲，見證著時光的流逝。

過了一陣子，雛雪終於打破沉默。

「……要去畢業旅行了呢。」

這句話，雛雪依舊是直接開口講的。

「嗯。」

我回應。

「好快……真的好快，雛雪加入怪人社就好像還是昨天那樣，現在卻『咻——』地一下就過去了一年。」

雛雪的語氣帶著濃濃的懷念感。

「嗯。」

我再次回應。

那說詞……觸動我的心弦。就好像雛雪正在腦海裡將一塊塊記憶拼圖不斷拼湊、最後組成怪人社所有人共同歡笑的藍圖那樣，是如此美好與絢爛。

我能感受到我腦海中的記憶藍圖與雛雪應該是同一塊，所以不禁也笑容滿面。

不愧同為怪人社的成員，竟然這麼有默契嗎？

接著雛雪繼續開口說話：

「對了，現在回想起來，雛雪第一次踏入怪人社時，還在內心驚呼『現實中竟然有中二病這麼嚴重的人』呢！」

「妳指誰？」

「學長你。」

「誰？」

「學長你。」

我以完全無法置信的語氣做出回答。

「等等，妳腦海中的記憶藍圖拼錯邊了吧？」

「什麼拼圖啦!?」

「……收回前言，我們果然毫無默契可言。」

「學長，你再胡言亂語雛雪要生氣了唷！像頭上長出角的惡鬼那樣生氣唷！」

看來記憶藍圖果然還是不同一塊啊，我怎麼可能會有中二病呢？哼哼哼，哈哈哈哈哈哈哈哈哈！

雛雪轉過頭瞪了我一眼，接續起剛剛被打斷的話。

「接著，被怪人社所接納的雛雪，終於過上了普通人的生活。」

聽到雛雪的話，我又吃了一驚。

「普通人的生活？等一下，妳該不會對於自己的怪，沒有相應程度的自覺吧？」

「雛、雛雪才不想被有中二病的學長這樣說！絕對不想喔！超級無敵不想的喔！」

像是受到了極大的委屈那樣，雛雪漲紅了臉。

為了發洩怒火，雛雪忽然半轉過身體，接著用膝蓋撐起全身。

在這種姿勢下，雛雪豐滿的胸部剛好對著我的臉龐。

她布偶裝下的臉孔，露出了很恐怖的笑臉。

「……還有，如果再打斷雛雪的說話，雛雪就會用沁芷柔學姐直接傳授的胸部窒技悶殺學長，保證讓學長再也沒辦法講話。」

唔……!!

我感受到了真真正正的殺氣。

好可怕。

認真起來的雛雪，看來不能輕易招惹，於是我乖乖閉上嘴巴。

像是要把怒氣趕跑那樣，深深吐出一口氣後，雛雪又坐回原位，把頭靠在我的胸膛上。

「……學長總是這樣。」

稍微抬起頭看著我的臉，雛雪如是說。

「……讓雛雪生氣，也讓雛雪笑，牽動著雛雪每一個情緒。

「……讓不正常說話的雛雪也正常了起來，這一切……都是學長的錯。」

話到這一句時，雛雪的話聲慢慢低了下去，最後幾個字已經幾不可聞。

像是經歷極為艱難的思考，又像下了某種偌大的決心，雛雪用非常罕見的害羞口吻，將最後的話說完。

「……所以說，為了彌補過錯，學長必須花上一輩子來贖罪才行。一輩子哦。」

我能感受到，雛雪的這段話很認真。

而且，話語裡夾帶令人懵懂的情感，那情感或許連雛雪自己也不明白全部，只是乘著潰堤的勇氣奔放而出，用最大的努力引導之後，試圖傳達到我的耳裡。

在這個身體貼著身體的距離，我幾乎能感受到雛雪傳出熾熱到幾乎要開始燃燒的某種意念。

與此同時，雛雪的臉慢慢紅了，越來越紅……越來越紅，我能夠清晰察覺雛雪的體溫正在升高。

我微微側過頭，從旁邊偷看到雛雪臉紅的表情。

在看到那表情的瞬間，經過多年獨行俠修行的內心，竟然也起了波動。

……糟糕，雛雪好像有點可愛。平常的雛雪有這麼可愛嗎？

因為平常都是怪人力MAX優先表現的關係，我很少去意識到雛雪的長相到底有多麼可愛。或許正因為如此，在確切感受到雛雪的美貌的瞬間，內心受到的影響才會如此深刻。

並且，我開始沒辦法控制地開始去注意雛雪身上的每個細節，那能貼切塑造出身材曲線的特殊布偶裝，讓雛雪的魅力優勢展露無遺，那標準的模特兒身材，就連世上最嚴苛的經紀人也無法做出挑剔。

「……學長？」

雛雪歪過頭，紅著臉看向我。

「啊……!!是！」

我像觸電一樣，背脊瞬間挺直。

明明雛雪只是普通的呼喚，因為氣氛緊張的關係，我卻不知不覺地做出激烈反應。

「回答呢？學長？雛雪還沒聽到回答。」

「什麼？」

「所・以・說!!要一輩子贖罪的回答呢!?」

雛雪又有點生氣了，鼓起臉頰。不過這樣子的她也很可愛。

但是，在聽到雛雪再次提起這件事的瞬間，我內心卻是一緊，沒有辦法立刻給予答覆。

……雖然不是完全明白雛雪期待的答案，不過……從雛雪的表情看來，這件事對雛雪來說一定很重要吧。

……不能隨便答覆。

……無法輕率以對。

就像以利刃橫在擁抱的兩人中間，稍有推擠就會劃傷對方那樣，現在絕對是生

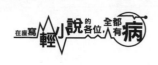

命／勝負懸於一線的重要時刻。

「……」

這是一道難題。思緒就像陷入泥沼中那樣，沉重又充滿滯殆。

如果說，雛雪的疑問有所謂的「答案」，那這個答案，想必擁有與解答難度同等的分量。

也正因為明瞭其可貴之處，所以內心才會加倍猶豫，遲遲找不到能被稱為「正確道路」的出口？

不，或許沒有所謂的「正確道路」也說不定。

就連希臘的眾神都會因為情感而失去理智，要將情感做出明確界定，並不是人類能夠企及的領域。

「我……」

我看不見雛雪的表情。

不知道從什麼時候開始，雛雪已經低下頭，將臉孔藏在布偶裝的帽簷下，將所有情感線索……埋葬於未知數中。

但是她依舊在等我的答覆。

深思過後，先是平緩呼吸，平靜有點紊亂的心跳，接著我才開口說話。

「我……會讓這個問題成為可能。即使要一輩子贖罪，也必須先看見通往未來的道路，才能獲得邁出腳步的可能性。」

「……」

雛雪靜靜聽著我的答覆。

我繼續說了下去：

「所以說，我會努力寫作，不斷變強……變強，強到沒有人可以打倒我為止，讓C高中獲得最終一戰的勝利，進而確保所有人存活……也確保『一輩子贖罪』這個問題的延續。」

最後，我緩緩道出結論。

「……這樣子可以嗎？雛雪。」

始終不語的雛雪，忽然從我懷中站起。

以沉默的背影示人，雛雪慢慢往前走了幾步，把手搭在走廊的欄杆上。

她的手掌慢慢緊縮，用力握住了欄杆，直到指節發白為止。

「……狡猾。」

「？」

「……學長太狡猾了!!狡猾死了!!」

雛雪少見地提高音調，那話語在我的耳膜裡不斷迴盪。

而且她的音量越來越高，說到最後一句「狡猾死了」的時候，已經近乎呼喊。

「用問題來回答問題，這可是罪加一等的行為喔！學長到底知不知道!!

「明明雛雪都已經坦白了……明明雛雪都已經鼓起勇氣說出了真正的想法，卻只換來學長這種狡猾的回答!!」

雛雪的喊聲在寂靜的大樓裡不斷迴盪……迴盪，一直響到我的內心深處，動搖了我原本已經平靜的心湖。

在這時候，雛雪驀地轉身。她眼眶已經紅了。

「所・以・說——!!」

「一定要贏下來哦，最終一戰！讓雛雪見證學長口中所謂『問題的延續』，讓雛雪看見狡猾的學長……因為贖罪而露出無奈笑容的那一天——!!」

喊聲落下後，雛雪直勾勾地望著我，像是在等待我的答覆。

這次，我既沒有逃避，也沒有閃躲，完全承受對方的要求。

「……我會的。」

一邊點頭，我如此回答。

「嗯。」

雛雪又盯著我看了一陣，接著像是瞭解什麼般，慢慢垂下眼皮。

「……那麼，學長，雛雪要走了。」

露出有點複雜的笑容後，雛雪離開了。

我的目光不斷追隨著她的背影，直到雛雪在走廊的盡頭拐彎，身影徹底消失為止。

「一輩子……贖罪嗎？」

細細品味著雛雪的話，我不禁怔住。

站在雛雪剛剛待的欄杆旁，我伸手握在雛雪剛剛握的欄杆處，那上面還殘留有手的溫度，是雛雪殘留於此的最後痕跡。

「……」

思索著最終一戰的事，雛雪的事，還有沁芷柔與風鈴的事，總覺得自己的立場開始變得很微妙。

「會不會在別人看起來，我是個很花心的男人？」

我本質上並沒有那個意思，正因為如此，才會更加感到苦惱。花心是獨屬於現充的特權，一個曾經的獨行俠被說花心，世上沒有比這更大的誤解。

「啊啊……真羨慕自己筆下的角色啊，假如是個身經百戰的情場老手，擁有足夠的情商的話，就不用煩惱這些事了吧。」

我忽然想起之前風鈴曾經向我提過的事，如果每個人的人生都是一個獨立的故事，或許我們也是某個作者筆下的人物也說不定。

不過，如果我真的是某個作者筆下的人物，給主角這麼低的能力值去應付這麼難的事，我很肯定那傢伙一定是個惡魔。打個比方，就像用火屬性的武器擊敗水屬性的Ｂｏｓｓ那麼困難。

「……對了，班上的分組討論也該告一段落了吧，我也該回去了。」

已經流逝不少時間，現在回去，應該剛剛好趕上討論的收尾。

……走吧。

我轉過身。

「……哇啊!!」

轉過身的瞬間，我忍不住發出大叫。

會發出這種驚慌失措的叫喊聲，是因為看見意想不到的人站在身後。

「桓紫音老師!?妳怎麼會在這裡?」

發出這種驚慌失措的叫喊聲，其實有違獨行俠平常的格調。

但是，披著黑色的西裝小外套，一副電影中典型的吸血鬼外表打扮，手指中還夾著看起來像紅酒其實是番茄汁的高腳酒杯，桓紫音老師就這麼站在不遠處，把手臂靠在欄杆上，發出她的招牌笑聲。

「咯咯咯……果然低等血族無法察覺『終焉』的來臨嗎?也無妨，只要讚嘆吾，崇敬吾的血之力即可。並且在那最後之日，獻上汝的性命與鮮血——」

以鬼鬼祟祟的方式登場，說著意義不明的臺詞，桓紫音老師朝我露出得意的笑容。

……大概，她相當滿意於自己的出場方式吧。

「啊、呃，唔。」

一時之間，我不知如何回應。

因為怪人力遠比女子力高的關係，桓紫音老師一直令人難以捉摸……只是，即使我身為資深的怪人社成員，面對桓紫音老師拋出的奇怪問話，有時還是難以回應。

幸好，桓紫音老師似乎也不期望我回答，自己把話接了下去。

「零點一，吾都看見了！看得一清二楚！」

對方那確信無比的語氣，令我一愣。

「啊？妳看見什麼？」

桓紫音老師哼了一聲，露出「別裝傻了」的表情，並伸手向我指來。

「吾看見了汝與闇黑小畫家的交談場景……也就是現場出軌與花心的修羅場!!汝是真的打算把怪人社變成汝的後宮嗎，鬼畜也要有個限度！」

「什、什麼啊？」

「唔哼，雖然從某方面來說……吾可以明白汝的慾望根源來自何處，汝應該自己最瞭解吧？」

「呃，就算妳問我瞭不瞭解……」

我搖了搖頭，示意不懂。

像是宣告對話已經進行到一個段落那樣，桓紫音老師將手中的番茄汁一飲而盡。

然後，她才慢慢做出解釋。

「……畢竟吸血鬼一族本來就是多情的。電影上不是常常這樣演嗎？抱著金髮美女的吸血鬼在夜色下疾馳——回到自己的居所後開始享用，之後——」

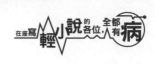

察覺桓紫音老師似乎想長篇大論地開始說明「一百萬種吸血鬼的行為與習慣」，我趕緊伸出手掌，打斷了對方的話。

「等、等等——!!」

「嗯哼？」

被打斷說話的桓紫音老師，皺起秀氣的眉毛。

如果在社團活動時打斷老師的話，大概當天的作業量會加倍吧，但是最近不用上課所以沒關係。

帶著差點想嘆氣的無奈，我再次詢問重點。

「所以說，老師妳怎麼會在這裡？」

「啊、這個啊。」

用非常隨意的語氣朝我豎起了食指，桓紫音老師這麼說：

「因為發現吾可愛的眷屬們都偷偷蹺了課，好歹吾在人類世界的身分也是老師……怎麼能不過來關切呢？」

……並不是關切，而是偷窺吧。

當然，我並沒有把內心想法說出口。

但是，就在這時候，桓紫音老師的表情忽然變得相當凶惡。

「喂！零點一！汝剛剛心裡閃過了『只不過是偷窺而已……』這種失禮的想法吧!?」

「我、我可沒有喔。」

「不可能，汝絕對想了，畢竟連吾自己都有點這樣覺得了!!」

——原來妳有自知之明的嗎!!

在遭受桓紫音老師的勒頸攻擊後，處於暈眩狀態的我，平躺在地上休息了一下。

「……好。」

那麼，進入正題吧。

在不失格調的同時，我拍去身上的灰塵站起身。

桓紫音老師背對著我，面向大海的方向。不知為何，在海風的吹拂中，有一瞬間，我覺得桓紫音老師的身影……看起來帶了些許寂寞……還有一點不知從何而來的蕭瑟。

「……零點一，汝應該也明白吧。雛雪……也就是闇黑小畫家，是吾帶進怪人社的。」

桓紫音老師說話的同時，並沒有回頭，只以長髮及腰的背影示人。

我「嗯」了一聲。

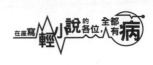

我注意到桓紫音老師以正式名諱來稱呼雛雪，這種異樣感，讓我集中了注意力。

桓紫音老師繼續說道：

「……雛雪那孩子呢，跟很多人都不一樣。跟乳……跟沁芷柔以及風鈴也不一樣。」

明明那麼的年輕貌美，與自己帶的學生並沒有太大的年齡差距，這樣子的桓紫音老師，正用大人的口吻來形容自己的學生。但是，因為老師在關鍵時刻十分可靠，所以沒有半點違和感。

桓紫音老師側頭向我看來，她那一對漂亮的鳳眼，與我的眼神相接。

「汝……應該也瞭解一些吧？因為奇怪的穿著打扮，所以學校裡一直沒有人願意接近雛雪。就算長得很可愛，但是因為渾身上下都散發著『怪人的氣質』，別說是朋友了，就連認識的人都沒有幾個。」

聞言，我不禁一怔。

一時不知如何回應，我只好靜靜聽著桓紫音老師的話，思索對方的言外之意。

桓紫音老師也露出思考的表情。

「……渴望交到朋友，本性沉默寡言的雛雪，為了逼自己開口說話，遭受巨大的孤獨壓力擠壓，終於誕生了……像是假象般的第二人格，也就是那個超級聒噪的色情雛雪。

「乍看之下習慣獨處的雛雪，其實比誰都更加害怕孤單。

「也正因為雛雪……寂寞，徬徨，畏懼著離開人群，害怕再次消失在別人的視線中，所以笨拙的她，才會在說話時不斷惹人生氣，試圖重新引起別人的注意力。」

桓紫音老師說到這裡，沉默片刻。

「……柳天雲，有些事情，明白了就是明白了，不明白的話……也就不必懂了。」

再次開口時，她的語氣，已經帶上像是想嘆氣的感覺。

「那麼……

「吾的言下之意，汝……可明瞭？」

明瞭……嗎？

聽著對方的話，我忽然記起雛雪第一次與大家見面時，獨自縮在教室角落，坐在垃圾桶上的往事。

那時候的她，像是在小心翼翼地觀察大家那樣，確實相當安靜。孤獨地以手中的畫筆來勾勒出世界，那是當時的雛雪唯一的樂趣。

在憶起久違的過去的瞬間，我忽然明悟了，剛剛桓紫音老師所說的「雛雪跟沁芷柔以及風鈴不一樣」……這句話的涵義。

仔細一想，雛雪……與沁芷柔還有風鈴關鍵性的差異，在於性格逐漸出現的變化。

「剛進入怪人社時的雛雪……只有轉換為第二人格時，會用聒噪的奇怪行為騷擾

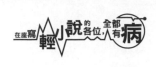

別人，但是在後來，就算是沉默寡言的第一人格，也慢慢開始會笑，甚至願意開口說話……

「雛雪的兩種人格，或者說是兩種刻意營造出的不同面貌，正在不斷融合、同步……越來越相像，或許最後，將會無限接近於同一種個性，直到再也分不出彼此為止。

「到了那時，展現在我們眼前的，也就是卸下所有心防，坦承自我的雛雪……」

語畢，我陷入緘默中。

聽見我的推測，桓紫音老師微微一笑。

「當初乳臭未乾的小鬼也成長了呢，真是沒想到。再這樣下去，有一天汝肯定可以成為傑出的血族。哼……竟然能獲得吸血鬼皇女的讚賞，汝也真是幸運啊。」

「……」

「喂喂，汝皺起臉是什麼意思？汝是在表達對於吸血鬼皇女的蔑視嗎!?」

桓紫音老師用力撥亂我的頭髮。

「看招看招，求饒吧臭小鬼！趁現在的話，吾還可以寬宏大量地饒恕汝！」

我不理會桓紫音老師的攻擊，就這樣靜靜注視由海平面延伸的整片天空。

被弄亂的瀏海順著額頭滑下，遮住我大半的視線……但這瀏海，卻遮不住這個在明瞭過後，忽然變得複雜許多的世界。

過了許久，桓紫音老師終於停下騷擾的動作，靜靜注視著我。

她像是已經玩膩了，又像是感受到我的複雜思緒、所以以沉默回應我的緘默，整個人也安靜下來。

接著，她把話題拉回正軌。

「柳天雲，其實呢……雛雪是因為汝存身於怪人社，才興起加入的念頭。

「以前怪人社缺乏插畫家，在吾努力進行招募時，雛雪在聽說汝的存在後，跑來對吾舉起繪圖板，上面寫著：『柳天雲學長也在怪人社嗎？』。

「當時吾回答『是』，雛雪一聽，立刻表達加入的意願。」

桓紫音老師在這時握起戴著黑色手套的拳頭，放在嘴前乾咳兩聲。

「咳咳，事先聲明，並不是吾在小看汝，但是因為很好奇的關係，吾那時忍不住問雛雪：『那個……零點一那傢伙身高普通長相普通財力普通個性普通簡直是普通界的奇才，優點小到要用顯微鏡才能看見，汝為什麼聽到零點一在，就想要加入呢？』」

喂喂……妳明明是在小看我好嗎？我從來沒有聽過比這更過分的貶低！

大概是注意到我的表情變化，桓紫音老師的眼神變得有點心虛。

「總、總之，雛雪那傢伙後來回答吾：『因為雛雪很崇拜柳天雲學長，學長很厲害，絕對不會感到寂寞，就算只有一個人……也不會藉著改變自己來逃避現實，和雛雪完全不一樣。』」

桓紫音老師的轉述，在說到「逃避現實」這個詞彙時，我不禁一怔，想到之前

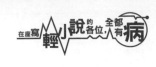

雛雪因壓力而產生的第二人格。

在這一瞬間，我忽然有種恍然大悟的感覺，彷彿原先雜亂的線索一口氣連成了一條線，已經可以看見通往真相的出口。

但是那真相代表的情感……與意義，對於此刻的我來說，有些太過沉重。

「是了……原來是這樣……」

獨行俠是可以獨立於世的個體，這點是毋庸置疑的事。不受他人壓力所迫，不被世俗的目光影響，純粹的獨行俠，擁有常人難以企及的堅強心靈。

而因壓力誕生第二人格，內心有了破綻的雛雪……正是因為嚮往身為獨行俠的我，所以才加入怪人社。

雛雪想看看，為什麼我不會改變。

雛雪想明白，獨行俠為什麼能離群索居。

雛雪想要明瞭……獨行俠那即使孤獨到了極點，也能泰然自若地生存下去，如同草根般頑強的意志。

所以雛雪來到怪人社，接近了我。

「可是……」

可是，大概雛雪不清楚，我並不像她所想像的那樣強大。

我既會感到寂寞，也會孤獨，同時也有著軟弱的一面。雛雪不知道……兩年多前，我寫作的意志因受創而崩毀，曾經落入一無所有的處境中。

而且，自從進入怪人社後，我也不再是純粹的獨行俠了。

從某個層面來說，我正在逐漸背叛過去的自己，所以過去那個『身為純粹獨行俠的我』，才會出現在我的夢境中。

「就算你是未來的我……我也會斬除你的身影，斬出屬於自己的道路！」

「就算你是過去的我……我也會斬除你的身影，斬出屬於自己的道路！」

那個夢境，過去的我不斷在笑，像是在笑話未來自己的愚蠢，也笑自己的改變。

現在的我，只不過是個不上不下的半吊子罷了。

所以，我無法回應雛雪的期待。

所以……我無法承受雛雪那份曾經有過的崇拜。

思及此，身軀不禁因愧疚而有些顫抖。

大概是察覺到我的不安，桓紫音老師嘆了口氣，拍拍我的肩膀。

「吾有點後悔告訴汝了，柳天雲。或許……汝還是不明白的好。」

最後望了我一眼後，桓紫音老師轉過身。

「那麼，吾要走了，零點一。」

她對我的稱呼，從柳天雲變回了零點一。

這個稱呼讓我明白，剛剛的談話已經結束了，一切將再次回到原本的日常中。

桓紫音老師邁步走出。

一步……兩步……三步……

望著老師的背影，想到雛雪的事，我感到有些茫然，一時理不清思緒，在某些情感上……也產生了迷惘。

在這時候，明知道不可能，我忽然很希望老師可以像平常上寫作課一樣，直截了當地告訴我問題的答案。

但是，在那茫然與迷惘的纏繞中，桓紫音老師的背影終究遠去了。

不斷走遠，不斷走遠……

再不回頭。

第二章

身旁的怪人社美眉

在畢業旅行出發的當天清晨，使用晶星人的機器創造虛擬世界後，C高中所有學生踏入了機場。

虛擬世界並不是只有我們存在，許多NPC已經將機場擠了半滿，這些NPC看起來與真人無異，甚至時常看見形形色色的外國旅客。

在C高中所有學生擠成一團湧入機場後，場面顯得更加混亂。

許多學生在這時發出抱怨。

「所以說，為什麼一定要從機場出發啊？」

「桓紫音老師說這樣才有旅遊的感覺啦！感覺！」

「麻煩死了，現在才早上五點耶！睏死了……」

因為力求逼真，就連時間都跟現實世界一樣，是清晨五點鐘。

不理會學生的抱怨，桓紫音老師與高采烈地帶著學生出發，先經過海關，接著前往登機口。

因為用晶星人的機器可以免費製造衣服，所以大家都挑選自己喜歡的打扮。

在等待飛機起飛的時候，我注意到有大多數學生都穿著便服，像我一樣還穿著學校制服的，看起來都是些孤僻的傢伙。

獨自坐在離眾人最遠的座位區，我翹起二郎腿，雙手抱胸評價著這個世界。

「哼，衣服什麼的只不過是表象而已……並不能改變一個人的本質。

「不如說，需要華麗的裝飾才能綻放光芒，這種虛假的表現，我柳天雲，並不需……」

就在這時，我的眼睛忽然被人蒙住。

在失去視線的同時，後腦也傳來軟軟的觸感。

……好大。

「猜猜我是誰!!」

站在我背後的人發言。這聲音聽起來很熟悉。

「……雛雪。」

進行回答時，我的語氣非常確定。

「欸？學長怎麼知道？那換人試試。」

雛雪不再用繪圖板寫字，直接開口說話，讓我的感受有點複雜。

但是，還來不及細細體會這份複雜，遮住我眼睛的手又換了一雙，接著提問再次響起。

「猜、猜猜我是誰!!!!」

她用相當緊張的語調發言，這個也相當好辨認。

但是還沒等我說出答案，雛雪的聲音忽然又緊接著插話：

「等等等等等、這樣學長猜不出來的唷！站近一點、站近一點！對，就是這樣！」

「那個……是這樣嗎？」

「對對對，然後把胸口靠上去。」

「這、這樣嗎？」

後腦再次傳來軟軟的觸感。

……好大。

做完一堆多餘的舉動後，雛雪代替主人再次發問。

「猜猜我是誰？」

「……風鈴。」

「咦、學長也能認出風鈴嗎？太好了……」

不知為何，風鈴的聲音帶著鬆一口氣的安心感。

這個無聊的遊戲接著輪到下一位，這個第三名登場的選手，也學著前兩位的樣子，用手遮住我的雙眼。

這次這位還沒站近，軟軟的觸感就再次傳來。

……好大。

「雛雪呢，本來是想請妳站近一點的，但現在看來好像不需要。」

雛雪的聲音帶著一點不滿。

這時，第三位選手提問。

「猜猜我是誰？」

「……沁芷柔。」

「猜對了……哼，但是就算猜對了，也沒有獎勵給你哦!!話說回來，本小姐排在第三個來讓你猜，能猜對也是理所當然的吧！」

說是這樣說，但是沁芷柔的聲音，聽起來明明很高興。

沁芷柔的手放開後，我的眼前再次重現光明。

我轉過頭，看向身後那些少女。

風鈴、雛雪、沁芷柔三人站在我的身後，她們身上都穿著便服，風鈴穿著淡紫色的洋裝，雛雪是短牛仔褲加上會露出肚臍的緊身短袖，沁芷柔則是吊著細肩帶的露肩蓬蓬袖上衣，加上露出大半腿部的白色荷葉裙。

而在她們身後不遠處，輝夜姬與飛羽也站在那邊，這兩人的打扮倒是與平常相同，穿著和服與騎士裝。畢竟他們本來就不是穿制服，當然也沒有特別更換的必要。

因為畢業旅行是A、C兩校合辦的，所以有A高中的人在場，是十分正常的事。

順帶一提，飛羽不知為何滿臉不悅地瞪著我。

這時候，輝夜姬忽然看向飛羽。

「……小飛羽，等一下把妾身背起來。」

「是，屬下知道了。但是公主，我們要做什麼呢？」

「妾身不夠高，但是妾身也想跟柳天雲大人玩名為『猜猜我是誰』的遊戲，只好拜託你背負妾身了。」

飛羽一聽，嚇了一大跳，臉色立刻變了。

用痛心疾首的語氣，他立刻開口勸阻。

「公主大人，恕屬下直言。柳天雲閣下……不，柳天雲那傢伙只聽聲音，是不可能認出您的，所以根本沒有嘗試的必要!!」

輝夜姬依然不死心。

「沒那回事……柳天雲大人認出了其他所有人，不是嗎？」

「才不是!!請您仔細觀察並三思，您真的以為柳天雲那傢伙只靠聲音就認出她們了嗎？公主您跟那三隻巨乳怪物不一樣，完全不一樣，既可愛又嬌小玲瓏，是不可能辦到相同的測試的!!」

被飛羽這麼說，沁芷柔露出不爽的表情。

「誰是巨乳怪物啊？」

飛羽並不理她，為了勸阻公主，他緊張到額頭開始冒汗。

輝夜姬一怔，小小的臉蛋上露出一絲疑惑。

她看向我。

「哦？柳天雲大人您是用那種方式辨認的嗎？」

接著。

盯著正在拚命搖手否決的我，輝夜姬的雙眼像月牙一樣，忽然彎起來露出笑意。

「呵呵，真是風流呢，不愧是柳天雲大人。」

在說話的同時，那帶著笑意的雙眼，像是想看出我的真實心意那樣，始終盯著我不放。

盯。

盯盯盯——

「我沒有!!絕對沒有!!」

極力否認的同時，我居然也像飛羽一樣額頭急出汗來。

接著，輝夜姬視線忽然一收，眼簾下垂，但嘴角依舊噙著笑意。

「……開玩笑的，妾身知道柳天雲大人並不是那樣的人，只靠聲音，柳天雲大人一定也能認出妾身。」

眼看輝夜姬真的相信，終於還我一個清白，我忍不住吐出緊張的濁氣。

「不過呢，妾身……」

那口濁氣還沒吐完，輝夜姬忽然語氣戲謔地開口。

她微微挺起纏著裹胸布的胸口。

「如果不靠聲音，要用別的部位進行確認，妾身也能夠辦到哦，柳天雲大人想試試嗎？」

輝夜姬的詢問，讓風鈴、雛雪以及沁芷柔的目光同時集中到我的身上，彷彿同時在等待我的回答。

飛羽也手按劍柄，氣到臉都漲紅了。

……感覺如果回答「想」的話，就會死在這裡。

就在這時，候機室通往飛機的門口終於打開，廣播也跟著響起：

「請搭乘 A2-4567 的乘客前往登機口。重複……請搭乘 A2-4567 的乘客……」

……漂亮，真是及時!!

於是，我直接逃避輝夜姬的問題，跟著人群往門口走去。

雛雪、風鈴、沁芷柔從後面追上我。

「喂，柳天雲，你該不會剛剛心動想答應吧？」

「肯定——的唷——!!雛雪覺得學長肯定心動了！」

「那個……風鈴覺得前輩應該不會……應該……」

為什麼風鈴妳的語氣這麼懷疑啦!!

在人群的阻隔中，飛羽以及輝夜姬的聲音也從遠處飄來。

「不過公主大人，您真愛開玩笑，您怎麼可能辦到呢？」

「……小飛羽，妾身告訴你好幾次了，妾身其實很有料的。」

「啊哈哈哈哈，公主大人您少來了。」

一邊嘆氣，一邊走出候機室，龐大的飛機也我們越來越近。

我們依序踏上飛機。

……A、C高中的聯合畢業旅行，也在這一刻正式宣告開始。

高空中，飛機上。

因為是按各班畢業旅行小組的座位來分配，所以我跟同班同學一起坐。

跟我一起坐的是五個班上的女同學。我坐在靠窗的位置，左邊有兩人，對面則有三人。這五人裡有幾個我知道名字，分別是桃花、千秋以及咲夏，似乎都是班上女生的中心人物群，而我對她們的認識也就僅此而已。

這些女生顯然是擅自把我編入她們的組別，因為我之前在分組時逃出了教室，會跟這些明顯不缺夥伴的現充同組，本身就說明了很多事。

而且這些女生一路尾隨著我上了飛機，在看到我隨便坐下後，她們也興奮地跑了過來，紛紛落座，嘰嘰喳喳地說著閒話。

其中有一個化著淡妝，留著褐色波浪捲髮的女生是這群人的領頭人物，她就坐在我的正對面，正在努力找話題跟我說話。

「柳天雲大人，你看。」

波浪捲髮打開掌心給我看，她的手心裡停著一隻散發著白色光暈的紙鶴。

「這是桓紫音老師發給大家玩的晶星人小道具『轉轉紙鶴君』，這隻紙鶴可以偵測出女生的漂亮程度，並且主觀地打出分數哦！最高可以測出一百分喔，嘻嘻，柳天雲大人想看看我們的分數嗎？」

坐在波浪捲髮旁邊，一個稍微有些丹鳳眼的女生也跟著接話。

「先測試別人看看吧？這樣柳天雲大人才對分數高低有大概的瞭解呀……測那個人如何？」

丹鳳眼向遠處一個女生指了指。

「欸？她肯定很低分的啦，搞不好會變成負數呢！哈哈哈哈哈——」

波浪捲髮笑得彎下了腰。

……丹鳳眼指的人物，不是她們這群中心人物裡的一員，而是一個外貌比較樸素的女生，大概是因為認真念書的關係，所以一直忽略打扮。

雖然要測試誰是她們的自由，但是丹鳳眼跟波浪捲髮在看向那個樸素女生時，眼神裡帶著的輕視，讓我感到相當不舒服。

而且波浪捲髮在嘲笑對方時，聲量並沒有刻意壓低，那個樸素女生顯然也聽見了，肩膀都瑟縮起來；但是因為不敢對班上的中心人物抗議，所以依舊保持沉默，甚至連回望的勇氣都沒有。

波浪捲髮笑完後，嘴角輕蔑地一撇。

「算了，就先測她看看吧。」

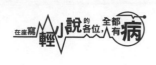

以手心正對著樸素女生，波浪捲髮命令紙鶴出發，紙鶴在測試對象的頭上繞了一圈，接著在半空中留下發光的數字。

33

看到「33」這個數字出現，波浪捲髮等五名女生大笑起來，其中有個人還拿出手機把這幕拍下。

丹鳳眼一邊笑，一邊用力拍著座位扶手。

「笑死人了，怎麼會有人分數這麼低呀？」

坐在她對面的一個女生也笑著接話：

「哈哈，臉不行，身材曲線又沒胸沒腰沒腿，拿這個分數很正常吧？」

被她們這一嘲笑，四周的人視線都集中在樸素女生身上。樸素女生眼眶都紅了，她的頭慢慢低了下去，不敢抬起臉來。

「……」

她們的舉動讓我更加不舒服。

但是，在我說話之前，以波浪捲髮為首的這幾個女生，也分別測試起自己的外貌分數。

紙鶴在她們頭上繞了繞，分別給出分數。

60分、61分、63分。

而丹鳳眼拿到了68分，為首的波浪捲髮最高，達到了70分。

仔細一看，波浪捲髮的打扮確實相當時尚，臉孔也算清秀，所以能夠拿到70分，並不令人意外。

「我的分數減半都比她高呢，要是我分數那麼低，還不如死掉再投胎算了。」

像在趕蒼蠅那樣，波浪捲髮狀似厭惡地揮了揮手。

看到她裝模作樣的舉動，她的朋友們又是紛紛大笑。

樸素女生的頭更低了，像是在祈禱風波趕快過去那樣，她不安地將雙手交叉抱在胸前，害怕的情緒溢於言表。

「……」

就在此時，我猛然從座位上站起。

波浪捲髮等人被我的動作嚇到，笑聲頓止。

「柳天雲大人？」

「您要去廁所嗎？」

「怎麼了嗎？柳天雲大人？」

我不理會她們的發問，從她們的座位旁擦過，沿著機艙快步往前走。

穿過一排又一排座位，我首先看見獨自坐著的雛雪，她低著頭在畫圖。

「抱歉了，跟我來一下。」

輕輕抓著雛雪的手腕，我帶著雛雪離開。

原先一頭霧水的雛雪，在發現是我後，表情很快轉為帶著色氣的興奮。

一邊被我拖著走，雛雪急促地開口。

「又想使用雛雪了嗎？可以哦，請盡情地使用雛雪的肉體吧，學長不用理會雛雪的哀求，請盡情地——」

我沒有仔細聽雛雪的話，繼續在機艙裡大踏步前進，接著又找到了風鈴。

「咦？現在跟著前輩走嗎？可、可以呀。」

雖然風鈴也不明白狀況，但溫馴的她沒有多問，乖乖跟在我的身後隨行。

在繼續前進的同時，雛雪扭過頭對風鈴這麼說：

「等一下就算求饒，學長也不會變得溫柔哦，要做好心理準備。」

「咦……？」

先不理後面拖長語調的遲疑音。

我接著找到沁芷柔以及輝夜姬，將怪人社除了桓紫音老師之外的成員全部集齊，最後帶著長長的隊伍，回到原本的座位。

以波浪捲髮為首的五名女生，呆呆地望著怪人社的成員們，露出錯愕的表情。

「這是……？」

波浪捲髮小聲地發問。

在看見沁芷柔以及風鈴後，她之前的氣焰頓時消失無蹤。

這是可以理解的態度轉變，因為如果波浪捲髮是班級裡的中心人物，擁有大批親衛隊擁護的沁芷柔與風鈴，就是整個校園裡的風雲人物。如果要劃分出等級，兩者有直接明瞭的上下階層差距。

接著，我從波浪捲髮的手掌中輕輕取過「轉轉紙鶴君」。

以手心對著怪人社成員，發出指令後，發光的紙鶴緩緩對著沁芷柔飛出。

在紙鶴飛出的同時，我冷冷對著波浪捲髮開口。

「仗著成群結隊欺負別人，是世上最低級的行為。妳不是喜歡比較嗎？那就來比吧。」

我說到這裡，一頓。

「妳們不是要比胸嗎？」

沁芷柔穿著吊著細肩帶的露肩蓬蓬袖上衣與荷葉裙，因為衣服十分貼身的關係，胸部曲線看起來特別明顯。

紙鶴在沁芷柔頭上繞了一圈，接著顯現出 100 這個數字。

看見 100 這個極限數字後，波浪捲髮等人的笑容消失了大半。

紙鶴飛回後，我再次以手心對準雛雪。

「妳們不是要比腰嗎？」

雛雪穿著會露出肚臍的緊身上衣與牛仔褲，光滑平坦的水蛇腰暴露在眾人的視線中。

紙鶴在雛雪頭上繞了一圈，接著也顯現出 100。

隨著第二個 100 出現，波浪捲髮等人的表情越來越難看。

「妳們不是要比腿嗎？」

最後紙鶴飛向穿著洋裝的風鈴，雖然洋裝是相對保守的服裝，不過依舊露出大半白皙的腿部，優美的腿部線條讓人無可挑剔。

風鈴也獲得了100分。

夾帶著對於這些人的所有不滿，我緊盯著波浪捲髮等人的每一個表情變化，在最後的最後，我讓紙鶴朝輝夜姬飛去。

「妳們……不是要比長相跟身材曲線嗎!!!!!!」

在身著和服的輝夜姬頭上，紙鶴繞了一圈。

像是早已經知道評分結果那樣，輝夜姬平靜地閉上雙眼。

100!!

一個又一個的滿分，接連出現。

見到這一幕，波浪捲髮等人的神情，既驚訝又惶然，其中又帶著自尊遭到粉碎的絕望，表情看起來無比扭曲。

她們會出現這樣的表情……原因無他。

如果說，第一個滿分的出現，是讓這些人自滿的心態消失，那第二個滿分就是使她們產生驚訝，第三個滿分的誕生使她們感到無法置信……

而最後四個滿分的集齊，就是直接粉碎這些人的自尊，讓她們內心深處，那引以為豪的領域就此崩壞毀滅……將那仗勢欺人的惡火被直接從中掐熄!!

但是，使波浪捲髮等人如此驚慌的主因是……她們哪怕敗北，也尚未瞭解對手的真正實力。

波浪捲髮拿到了70分，是因為她只能拿70分。

而怪人社的成員們，會測出 100 分，是因為滿分只能測出 100 分。

敗北的恐懼，對於未知的惶然，加上自尊的崩毀——這三者相加，這才讓她們的表情如此扭曲，久久無法自已。

我沉默片刻，平緩了一下原先不滿的情緒。

「……明白了嗎？屈辱的滋味，並不好受，也很無趣。」

我對波浪捲髮開口。

「如果明白的話，就收斂妳們之前無禮的行為吧，不然妳們的人生……註定變得無聊透頂。」

波浪捲髮等人低下了頭，都不說話。

「……」

說起來，這些人是我畢業旅行同組的組員啊……看來不可能再跟她們友好相處了吧。

思及此，我嘆了口氣。

最後，我將「轉轉紙鶴君」還給她們，轉身離開。

接下來的飛機旅程，我找了一個沒人的區塊，獨自度過。

望著窗外飛速後退的雲海，我的心湖裡泛起圈圈漣漪，思及剛剛的事，內心並沒有產生後悔，卻湧起揮之不去的惆悵。

「我確實變了……」

獨行俠，顧名思義就是獨善其身的存在。

像剛剛那種沒有絲毫好處的樹敵行為，對於獨行俠來說就是愚蠢的生存之道。

但是……即使愚蠢，有些事還是不得不為。

就算我不能再成為純粹的獨行俠了，那也無所謂……我想要擁有的是守護他人的力量，我想要守護C高中的所有人。

因為現在的我，是C高中寫作能力最強的人，其他人早對我抱以莫大的期待，我不想讓他們的期待落空。

思來想去，因為周遭很安靜，這時睡意卻慢慢襲來。

「離飛機著陸還有三個小時……先睡一下吧。」

夢境裡……我再次看見了「過去的我」。

這裡依舊是一片黑暗的空間，一束聚光燈打在了遠處，「過去的我」就站在那裡，靜靜背對著我。

那個我……與之前出現時不一樣，這次他沒有針鋒相對地與我爭執，而是一個人沉默著待在遠處，也沒有轉過身來，就像根本沒有發現我一樣。

我在黑暗中悄悄移動腳步，繞到一旁，看見了他的側臉。

「——!!」

他在哭泣。

那個過去的我……正在無聲哭泣。像是聲音早已因過度嘶吼而消失那樣，只能拚命發出無聲的吶喊。

再仔細一看，他的手臂裡似乎橫抱著一個虛影。那虛影有著飄逸的長髮，髮色一時是銀白，一時又轉為粉櫻，似乎是少女樣貌，但因為太過模糊，根本看不清楚。

在看見那奇特虛影的瞬間，我感受到內心最深處的某塊區域，猛然一痛。

「……」

在「過去的我」懷中，那虛影正在化為光點快速消散，過去的我無法阻止這個現象發生……他臉上的表情，很痛苦，很痛苦……彷彿正在消散，正在受苦的人不是那個虛影，而是他那樣。

但是，每當虛影徹底消散，又會化為朦朦朧朧的樣子重新出現在「過去的我」的懷抱裡，不斷重複著消散過程。

「！」

就在這時候，「過去的我」霍然轉頭，發現我的存在。

發現我的瞬間，那虛影直接消失不見，「過去的我」的表情也重新轉為冷酷，就像剛剛的一切只是我的幻覺那樣，他又變回我們第一次相遇的樣子。

內心的痛楚尚未消散，就連身體都有點發顫，我忍不住朝對方發問。

「剛剛……那是什麼？」

過去的我靜靜地望著我，那眼神平靜到有點可怕。

「這裡是憶逝之地，那虛影來自我……或者說我們，那眾多回憶的殘片裡。如你所見，那僅僅只是幻象，但卻是使我誕生的原因。」

……過去的我誕生的原因？回憶的殘片？

我不解。

過去的我望著我，繼續開口。

「那是強烈的眷戀，是無法割捨的情感，是必須作戰的緣由……」

他說到這，稍微停了一下。

「……也是身化為鬼的契機。」

我越來越困惑。

明明對方也是我，但是我們卻像記憶並不同步，他瞭解的內情，似乎比我還要多。

我繼續追問。

「什麼意思？」

過去的我冷笑，就在似乎他開口想要解釋的瞬間，無數道暗紅色的繩索忽然從地底的黑暗裡衝出，將他五花大綁，迅速拖進無盡的深淵裡。

在他被徹底拖進深淵的那一瞬間，他甚至連嘴巴都不能張開，但是他那冷冷的眼神，卻明明白白地傳達給我一個訊息：

「你……遲早會明白的。」

下了飛機。

第一站是東樂尼遊樂園，這名字是桓紫音老師取的。因為虛擬世界裡可以隨便創造東西，所以這個遊樂園大到誇張，步行橫穿園區足足要三個小時，足以讓兩所學校的學生盡情玩耍。

高空中有看起來很像雲霄飛車的無軌道雲氣列車，會無規則亂轉的摩天輪，可樂噴泉咖啡杯，還有一堆叫不出名字的奇怪設施，令人看得眼花撩亂。

大家各自按照班級小組出發，只有我獨自行動。雖然這樣也不錯，但是習慣了怪人社的喧鬧之後，忽然又變成一個人，有點小小的不適應。

雖然很不想承認，但我確實感受到了寂寞。

「……這樣可不行。」

跟小丑攤販買了熱狗與紅茶，我邊吃邊反省自己的心態。

「寂寞是弱者才會擁有的情感，因為如果心靈足夠強大，就不會湧現這種負面情緒。」

「寂寞、膽怯、孤單、落寞是最大的情緒之毒……反過來說，只要克服這些弱

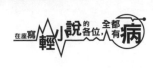

點，內心就會堅實如盾，能夠抵禦所有外界影響。」

吃飽喝足之後，我繼續往前走。

雖然路上經過很多遊樂設施，但是因為沒什麼興趣的關係，所以我繼續往前走。

因為場地太大的關係，走到後面有點迷路。

「先看看地圖導覽吧。」

站在地圖導覽看板前面，我研究有哪裡值得一去。

「迪士尼小屋……可以跟卡通人物一起玩耍……」

「金字塔大冒險……可以騎乘人面獅身獸……」

「阿拉伯鑽地駱駝……可以進入土壤裡遨遊……」

好多充滿異國風格的設施啊……

嗯？等等。

我發現迪士尼小屋外，有一圈獨立的小區塊，那裡似乎是商品販售區，其中一家很靠近東北側的店，上面標記著「酒葫蘆之家」。

應該是賣酒葫蘆的店吧？我頓時雀躍起來。

坦白說，我非常喜歡葫蘆，尤其是酒葫蘆。因為酒葫蘆是可以增加格調的好東西，試想看看，在黑夜中望著殘月時，都會吟詩作對吧？如果這時掏出酒葫蘆，讓水呈現水線灌進嘴裡，濺在嘴角的水珠再以手背擦拭，格調將直線上升。

這種好東西是非常稀少、難得的，只是很少有地方在賣，就算有賣也是裝飾品居多，用來飲用的葫蘆實在稀少。

所以看到這家店時，我才會如此雀躍，近乎興奮。

「好！出發!!」

嘴裡嚼著順路買來的天婦羅，十分鐘後，我抵達「酒葫蘆之家」。

酒葫蘆之家由陳舊的木頭搭建而成，渾身充滿歷史氣息。店面也不大，大概幾坪範圍而已，但是店主顯然有著許多巧思，處處掛著壁畫、古董等小擺設，整體給人的感覺相當舒服。

但是我還沒走進店裡，裡面就傳來人群的笑鬧聲。

「風鈴大人，妳買下這個酒葫蘆吧？我想柳天雲大人一定喜歡的。」

「可、可是……前輩他……真的會喜歡這個嗎？」

是風鈴的聲音，她話說到後來，聲量越來越小。

……？

對話裡似乎有提到我。

為了觀察情況，我悄悄躲到一個大古董花瓶後面，小心翼翼地探出頭去。

接著我看見風鈴以及一群班上的朋友，在擺放酒葫蘆的木櫃前東看西看，似乎在挑選些什麼，風鈴一副很猶豫的樣子。

……在班上交到朋友了嗎？風鈴。

眼前的情景，讓我想起以前風鈴的孤獨。曾經風鈴也沒有朋友，但是在加入怪人社後，她慢慢克服了膽小的缺點，現在已經能順利交到朋友了啊……有種看到後輩成長的欣慰感覺。

……雖然我這個前輩缺乏讓她仿效的地方，到現在還是沒有朋友就是了。

不過，她們為什麼要挑選酒葫蘆送給我呢？我好奇地拉長耳朵。

風鈴旁邊有一對雙胞胎，站在右邊那個此時說：

「柳天雲大人有嚴重的中二病，一定會喜歡這種看似帥氣，但實際上一點意義都沒有的東西。」

中二病？

聞言，我吃了一驚。

……外界竟然對我有如此嚴重的誤解？

左邊的那個雙胞胎也跟著接口：

「沒錯，像是這個上面刻著火焰跟閃電圖案的酒葫蘆，這麼中二的圖案，柳天雲大人拿到後，肯定會高興到跳起來！」

我偷偷向她手指的那個葫蘆看去，那個葫蘆表面的火焰跟閃電圖案，交錯成複雜的紋路，盤旋纏繞在整個葫蘆的表面上，看起來真的很帥，我確實也很喜歡。

見狀，我又是一驚。

……我明明沒有中二病，她隨便指一個葫蘆，竟然就猜中我喜歡的那個？

我越想越是納悶，但最後也只好把這件怪事歸納於巧合，並深深埋藏在心裡。

「但是……」

但是，這樣下去可不行。

被人猜中心思，即使只是碰巧，就算我現在是個不純粹的獨行俠，這對於我的人生來說，依舊是必須敲響最高級警鐘的大事。

而且，我也必須解開這些人的誤會。

那麼……該怎麼辦呢？

「……」

思考片刻，我靈機一動，想出一個兩全其美的辦法來。

於是我又悄悄遠離這家店，裝作剛剛走到這附近的樣子，在走近店門口時高聲吟詩，提醒裡面的人我柳天雲來了。

「昨夜西風凋碧樹，獨上高樓……望盡天涯路！」

果然，風鈴以及她的朋友們聽見了我的聲音，引起一陣小小的騷亂。

「哇!!」

「前、前輩來了，怎、怎麼辦？」

「沒關係，沒關係，風鈴大人您就把這個葫蘆買下來送給柳天雲大人，他一定會喜歡的。」

「是……是這樣嗎？嗯、嗯嗯！」

風鈴的聲音中充滿了不確定。

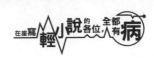

但是，相對於那份不確定，我則是擺出一個充滿自信的表情，挑了一個在陽光下最好的瀟灑角度，以側臉對著從店門口魚貫而出的眾人。

在她們走出來時，我將詩句的下半念完。

「欲寄彩筆兼尺素，山長水闊……知何處！」

「……？」

剛從店裡走出的風鈴等少女，果然被我的言行所震懾，一時沒有開口說話。風鈴手上提著那個閃電火焰葫蘆，站在人群最前面。

「哼。」

我斜眼看向她們。

充滿格調……

一切都是如此充滿格調！

言、行、顏、型，可謂萬事俱備，就差一個完美的收尾。

風鈴軟軟的側腹部，此時被朋友用手肘輕輕一頂，暗示她上前。

風鈴紅著臉，低下頭，果然拿著那個火焰閃電葫蘆走上來，接著把葫蘆捧給我。

「前輩……這個葫蘆送給你。不知道你喜不喜歡葫蘆呢？」

「哦？」

將雙手背在背後，我轉身朝風鈴看去。

這近距離一看，那葫蘆明顯完全符合我的興趣，但受於情勢所迫，為了洗刷中二病的惡名，我也只好強忍這份喜愛，裝出平靜的樣子來。

「尚可。」

我微微點頭。

就在我正想把葫蘆取過時，我忽然發現風鈴的眼底深處，掠過明顯的失望。那張漂亮的臉，也黯淡了下去。

見狀，我不禁一怔。

……糟糕。

只想著擺脫中二病的汙名，卻忽略了風鈴的心情。以風鈴溫和的個性，要做出送禮這種事，想必得凝聚渾身的勇氣吧。

將其傾注心血的行為，輕描淡寫地帶過，我剛剛的行為就是如此無情。

想到風鈴可能會因此難過許久，我失去了剛剛的從容，感到一陣慌亂。

必須得補救才行。

「呃……那個……」

「……？」

風鈴微微睜大雙眼。

我抓了抓頭，眼神飄開。

「……因為是妳送的，所以我還是滿喜歡的……」

「真、真的嗎？前輩喜歡？」

我接過葫蘆時，風鈴露出喜出望外的表情。

「真的。」

「嘻嘻……」

以手背掩嘴，風鈴開心地笑了。

「……」

風鈴那發自內心的笑容，讓我心緒微微牽動。

……她是真的感到喜悅。僅僅因為我說「喜歡」，就高興成這樣；就連桓紫音老師偶爾稱讚她輕小說寫得好，風鈴所展現的愉快，也不及現在的一半。

見到風鈴這個樣子，由淺至深，細思其中的涵義，我不禁沉默了下來。

「風鈴……風……我叫做柳天雲……天能容風，風能送雲……」

「她把外號取為風鈴……是因為……我叫做柳天雲……」

「如果我是處處皆有的雲，她就會化為無所不在的風……替我送行……」

就連風鈴這個名字，都是因我而起。

雖然平常不像雛雪那樣露骨地表達喜好，但風鈴對我的喜愛，遠遠超乎我的想像。我既無法以言語做為感謝，行動也缺乏報恩的說服力，在加入怪人社以來，這情況持續了好久……

時至今日，因為身為前輩的我說了「喜歡」，分明是這樣輕飄飄的一句話，風鈴依舊由衷地感到欣喜。

風鈴實在太過溫柔，溫柔到會輕易受傷。因為這樣的人……只學會了對他人展露笑顏，就算遭疼受苦，受到的傷痕也只會在內心不斷累積、慢慢擴大，不會輕易痊癒。

「溫柔的人，只能從他人的幸福裡感受幸福……

「……風鈴，妳就是這樣子的人吧。」

我沒有把這兩句話出口，而是靜靜對著風鈴微笑。如果能讓風鈴開心的話，那我也會對她笑。

「……」

跟風鈴閒聊了幾句，原來她們接下來要去動物區看動物。聊天時，在風鈴那些朋友的起鬨下，風鈴臉紅了好幾次，好一陣子吵鬧才安靜下來，終於風鈴再次跟著小組成員離開了。

我再次變成孤獨一人。

手上提著火焰閃電葫蘆，想到風鈴的事，心裡一時有些複雜。為了擺脫這份微妙的思緒，我決定轉移注意力，先替酒葫蘆取名。

「火焰與閃電都會產生光芒，你就叫小光吧。」

提著小光，我找了飲水機裝滿開水，咕嘟咕嘟地將傾瀉而下的水柱吞下肚，果然用這種器具喝水……就是氣勢非凡，對於想增加格調的人而言，真的十分推薦。

滿意地拍拍小光，我繼續前行。

依舊是漫無目的地的閒晃，我打算找一個比較少人排隊的遊樂設施，打發一點時間。

於是我走到摩天輪那邊去，因為遊玩方式有點普通的關係，所以摩天輪沒什麼人想玩。

只是撇除A、C兩所學校的學生，遊樂園裡也有很多NPC在玩遊戲，所以我站到排隊線最尾端乖乖排隊。

「摩天輪是不錯的遊樂設施，可以從高空綜觀全局，有重要的生存價值。」

以上，是我對摩天輪的評價。雖然曾經與怪人社的大家提起這樣的看法時，被沁芷柔回以「蛤？」這種無禮又充滿懷疑的答覆，但我還是堅信摩天輪的優秀。

只是。

就在排隊人潮不斷縮短，我快要通過安全柵欄時，忽然有兩人從後面快速奔近，響亮的腳步聲引起我的注意。

我回過頭。

「柳天雲大人，不愧是你！獨自一人遊玩摩天輪，真是高尚的品味。」

一個長相輕浮，看起來有點像小混混的金髮男生，帶著他的跟班向我跑來。

而他的跟班也開口贊同。

「就是說啊就是說啊！」

這兩人……我印象相當深刻。

當初先是帶頭反對我，壞話說盡；但在我成為C高中最強，展露出自身的真正實力後，又比誰都更快帶頭倒戈，成為吹捧我的人群中心點。這種行為……實在令人不敢恭維。

不過這兩人會結伴出遊，而不是跟著小組行動，或許也是被大家討厭的證據吧。

「……」

在空著的包廂轉到最下方時，我鑽進摩天輪裡。

只是，在我進入摩天輪後，包廂又是一陣晃動，金髮小混混與跟班竟然也跟了進來。

還來不及把他們趕走，摩天輪就開始運轉，我只好與他們一起搭乘。幸好裡面空間很大，三個人搭乘也不至於擁擠。

我看著他們，開口詢問。

「……有事嗎？」

金髮小混混嘿嘿一笑。

「沒有啦，柳天雲大人，我們只是覺得有一件事很奇怪，納悶到了極點，所以想請問你。」

「沒錯沒錯，納悶納悶！」

跟班不斷附和。

……有一件事很奇怪？

疑惑中，我又發問。

「何事？」

金髮小混混摸著自己的下巴，思考了一下，又是嘿嘿一笑。

「柳天雲大人，你是C高中的學生裡，寫作能力最強的人吧？」

他並不回答，而是又拋出一個疑問，這種用疑問串起疑問的方式，讓我有點不滿。

所以我只是不冷不熱地做出回覆。

「那又如何？」

「……!!」

聽見我的答案，金髮小混混露出錯愕的表情。

「這樣不是很奇怪嗎！簡直奇怪到了極點！你身為C高中的最強者……也就是說，你在最終一戰中的表現，足以直接決定C高中所有人的生死……如果直截了當地給予一個形容，你就是救世主啊！」

「救世主救世主！」

跟班舉起雙手贊成。

金髮小混混解釋：

「但是，現在C高中是誰在領導，誰是這裡說一不二的NO.1呢？」

「是桓紫音老師!!」

跟班大聲給出答案。

金髮小混混說到這裡，停了一下，謹慎地觀察著我的表情。

大概是察覺我不滿的情緒越來越高漲，他在這裡才會有所猶豫。

但是，就算跑步也要拚命趕來這裡，想必這兩人就是特地來說這些話的吧，所以他們不會半途而廢，會把話繼續說完。

金髮小混混終於進入正題。

「……我們認為，能力足以拯救C高中的柳天雲大人，才有資格統率所有人。以您的才幹，不需要屈居別人之下。我聽說您曾經因為不承認是『血族』的關係當眾挨過桓紫音老師的手刀？對實力者如此冒犯，她不配做為領導者。」

「不配不配！」

在跟班的推波助瀾中，金髮小混混繼續說下去。

「所以……柳天雲大人，你來成為新的領導者吧。只有身為救世主的你，才有資格……成為C高中的王！」

「沒錯沒錯，成為王成為王!!」

「……如果柳天雲大人你願意的話，王不應該獨自忙碌，總也需要一些手下；我們兩人願意身先士卒，成為你掃蕩反對勢力的第一把手！」

金髮小混混毛遂自薦，用力一拍胸口。

「……」

我的目光，在這兩人臉上掃來掃去。

自這兩人的表情，我看出他們對於權力的渴望。

也就是說，他們打算推翻桓紫音老師長久以來的政權，藉著將身為C高中學生裡的最強者的我……推上王位，沾我的光，進而取得能量巨大的話語權。

桓紫音老師就算寫作能力再強，身為教師的她畢竟不能參賽，所以這篡位可以說是師出有名。

但是，那又如何？

我沒有背叛桓紫音老師……背叛怪人社的大家的必要。

這時候，摩天輪剛好已經轉了整整一圈，重新回到最底端。

「──無聊透頂。」

在冷冷拋下回答後，我踏出摩天輪。

遊樂園行程結束後，兩所學校的人員再次集合，下一站是「風花雪月電影村」。

「風花雪月電影村」可以製造出專屬於自身的電影，將影像記錄下來帶回現實世界觀賞，據說在晶星人的世界中，這裡也非常受歡迎。

只是因為得自己找人來演出腳本，如果想順利拍出好電影的話，需要廣泛的人脈才行。

大家才剛解散而已，雛雪就興匆匆地跑來找我組隊。

「學長～學長～～～～～～～!!」

她的語氣相當興奮，愛心眸閃爍著比平常更明亮的光芒。

「有什麼事嗎？」

「雛雪呢，想拜託學長跟雛雪一起拍電影，兩個人拍哦。」

雛雪雙掌合十拜託我，露出期待的表情。

我還是老樣子想一個人行動，但被可愛的學妹這樣拜託了，不好意思直接拒絕。

「這樣啊……是什麼電影？」

「AV!!」

我一個手刀敲在雛雪的頭上。

雛雪抱著自己的頭，氣鼓鼓地瞪著我。

「痛痛痛痛痛痛痛——!!學長好過分，真的太過分了哦！雛雪可是鼓起渾身的勇氣才來邀請學長的，甚至連第一次的疼痛的心理準備都做好了，你傷到雛雪的心了，雛雪好難過好難過好難過好難過……簡直心都要裂成兩半了!!跟頭一樣痛到快裂成兩半了!!」

「什麼頭快痛到裂成兩半！我才沒有那麼用力敲呢!!」

但是我的辯駁才剛出口，雛雪立刻又大叫起來。

「啊啊啊嗚嗚嗚嗚嗚嗚嗚嗚嗚嗚——!!果然嗎？學長根本不重視雛雪的發言，說了那麼多話就只聽見那完全不重要的一句話。好過分，真的太過分了!!學長這樣子下去不行哦，絕對會交不到女朋友喔，就算交到了性生活也不會美滿的哦!!」

呃啊——!!好吵！吵死了!!頭痛到快要裂成兩半的人是我吧!!

我差點想塞住耳朵。

為了逃避噪音轟炸，我快速逃離了現場。

「這裡應該安全了吧……」

躲在一個廣告人形看板後面，我心有餘悸地看著像發情野獸一樣的雛雪從旁邊跑過。

得躲起來才行，但是要躲哪裡呢？

我考慮片刻，木藏於林，這時候人群裡反而是最安全的地方。

「……那邊好多人。」

遠處有一個巨大的電影舞臺，那裡不知為何聚集了兩三百人，觀眾們安靜地望著大螢幕，像是在等待什麼電影鉅作似的。

「如果藏在那裡，應該不會被雛雪發現吧。」

我打算偷偷摸摸地潛行，混進人群裡。

但是主意打得相當美好，就在離那群人還有十幾公尺時，最外圍的觀眾發現我的到來。

「是柳天雲大人!!」

「柳天雲大人來了！這麼巧的嗎？」

「快快快，這不是最好的人選嗎？後臺都挑人挑了這麼久了！」

這些人一見到我，露出喜出望外的表情，不由分說地圍了上來，把我往後臺推去。

「什麼？什麼？什麼啦!?」

我被人群推著走，被簇擁到後臺去。

轉了一個彎，步上一層小階梯，那裡有著占地巨大的豪華準備室。

沁芷柔雙手扠腰站在準備室正中間，有幾十位男生排成一隊，輪流走到她的面前。每當看到一個新人，沁芷柔就不斷搖頭，被否決的男生垂頭喪氣地離開，這種情況正不斷上演。

「這是怎麼回事？」

我問旁邊的女生。

「那是面試隊伍。沁芷柔大人想要上演電影，女主角理所當然由她來擔任……但是男主角遲遲找不到適合的對象，都已經面試好幾百人了……再這樣下去，自由活

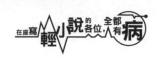

動時間都要結束了……」

聞言，我一愣。

「當男主角的條件是什麼？要帥？」

「已經找很多帥哥上去試過了，你看那邊……」

我順著那女生手指方向看去，果然淘汰者裡很多打扮時尚的帥哥，跟我這種出來玩還穿著校服的獨行俠差距很大。

「……但是沁芷柔大人不斷拒絕，誰也不清楚她的心意，才想說找柳天雲大人來試試，畢竟您跟沁芷柔大人不是情侶嗎？」

「呃……情侶？哦、哦哦，好像是。」

我差點忘記自己表面上，跟怪人社的少女們是情侶，這個設定已經好久沒人提起了，沒想到還有人記得。

這些圍著我解釋的女生大概是親衛隊吧，在這些人的極力拜託下，我只好站到面試隊伍的最尾端，開始排隊。

真麻煩啊……

因為隊伍還滿長的，無聊之下我開始觀察四周。

沁芷柔穿著露肩蓬蓬袖，白皙的肩部暴露在視線中，而且因為胸部很大的關係，這裝扮看起來更加性感，許多男生都在偷瞄。

不知道為什麼，發現那些男生的視線後，我莫名地感到煩躁。

在沁芷柔的挑剔之下，隊伍的長度不斷縮短，終於輪到我了。

見到我的第一瞬間，沁芷柔像是習慣性地想要搖頭，但是馬上停止了動作。

「欸……？咦？怎麼是你？」

那語氣將心中的困惑表露無遺。

我只好聳聳肩。

但是沁芷柔的雙頰很快泛紅。

「果、果然你也是來參加男主角位置的競選？那個……嘛啊，雖然你看起來不怎麼樣，但是怎麼說……我的朋友們都很希望這部電影可以順利演出，現在又剛好找不到人選……」

沁芷柔偏過頭去，紅著臉乾咳一聲。

「所以……你的話，當男主角，本小姐也就勉勉強強接受了，聽好，只是勉強接受哦？僅限於舞臺上的那種接受。」

解釋好多。那種「我就大發慈悲施捨你吧」的大小姐口氣，完全是傲嬌的標準範本。喂喂……妳這種類型的女主角，在輕小說裡就是會讓讀者看著彆扭的人物喔。

盯～

我無言地盯著沁芷柔看。

盯～～～

大概是被我看穿了心思，沁芷柔的雙手絞在背後，樣子越來越心虛。

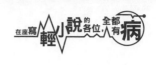

接著，她像是受不了那種壓力折磨，忽然惱羞成怒，紅著臉大喊起來。

「所以到底怎麼樣！你想不想當男主角啦!!」

「……好。」

我點頭同意。

沁芷柔露出鬆了一口氣的表情，拍拍胸口，但是很快又警惕起來，哼了一聲，說出「其實你拒絕本小姐也完全不會介意哦」的場面話。

我只好無言地又點頭。

沁芷柔瞄了我一眼。

「……那麼，跟我來吧。」

接著沁芷柔帶我往舞臺角落走去，那邊有一個光線幽暗的準備室，似乎要進去裡面登錄資料，電影才會自動形成。

在剛剛排隊時我有看了說明手冊，這是晶星人的機器「轉轉電影君」。進入房間後，系統會自動掃描演員們的記憶與過往，依據彼此的關係，隨機形成腳本，並產出電影。

由於「轉轉電影君」的便利，在這裡製作電影，並不用像現實世界那樣耗資巨大、費時長久，甚至不用演員親自演出，只要在準備室登錄資料，就可以立刻量產好萊塢等級的影片。

在前往準備室的途中，只剩下我跟沁芷柔兩人。

走到一半，沁芷柔忽然轉頭看向我。

「你剛剛是不是偷瞄過我的胸部？」

即使是單獨相處，但她的發言依舊讓我震驚。

「……我沒有。」

「是嗎……可是那些排隊的男生幾乎都有。」

「呃……」

好吧，她說的是事實。在排隊時，確實許多男生的眼睛都不怎麼老實，但沁芷柔本人竟然也注意到了，大概這就是所謂女性特有的敏銳吧。

沁芷柔又問：

「所以你不是男生嗎？」

「……我是，但我不會刻意去看。」

聽我這麼說，沁芷柔臉上恢復了一點笑容。

接著她像是想起了什麼，忽然又開口詢問。

「對了，雛雪那變態呢？她有沒有對你做過奇怪的事？」

「為什麼這麼問？」

「因為剛剛有人跟我說，雛雪一邊大喊著『跟我拍AV吧～～學長～～』一邊追著你跑。」

「呃……這個……」

我忍不住汗顏。

「所以雛雪到底有沒有對你做過奇怪的事？」

「……奇怪的事是指什麼？」

沁芷柔的臉忽然又紅了起來。

「像是刻意彎腰誘惑，露出乳溝給你看……之類的……感覺這些很像雛雪喜歡幹的事。」

她說到後來，聲音越來越小。

「……」

我很難回答這個問題。

因為答案是有，而且很多次。我至少看過雛雪七種不同顏色的內衣。

「……那個悶騷 Bitch！超級大變態!!」

大概是從我的沉默裡，察覺到真相，沁芷柔不滿地嘟噥。

接著她用手肘頂我的腹部。

「……那個，你靠過來一點。」

「有什麼事？」

「吵死了！靠過來一點就對了啦!!」

這傢伙忽然生起氣，我只好依言靠近，跟她幾乎是肩膀貼著肩膀走路。

然後，沁芷柔忽然手指一勾，把露肩蓬蓬袖的領口拉開，讓我看她的乳溝。因

為蓬蓬袖本來就很寬鬆的關係，衣服裡面的模樣，幾乎是一覽無遺，巨大的胸部因步行的動作，顫顫巍巍地搖晃起來。胸罩則是淺綠色的。

……好大。

雛雪、風鈴以及輝夜姬都相當豐滿，但沁芷柔則是上升到另一種堪稱視覺暴力的程度，官能小說裡所說的：「身體曲線看起來很色情。」大概就是在說沁芷柔吧，我猜。

雖然受到如此的視覺招待，但我一時有些不知所措。

「……謝謝。」

不知道該不該道謝，但我還是道謝了。

「可別搞錯了，本小姐只是不想輸給雛雪，才勉為其難給你看的哦？這並不是什麼痴女行為。」

雖然臉紅到像是要滴出血來，但沁芷柔倒是一如往常的倔強。

只是，看到我狼狽的樣子，沁芷柔卻笑了，並且露出勝利的表情。

第四章　異世界英雄與芷柔大人的電影時間

「讀取中……請稍候。」

在我們進入準備室後，「轉轉電影君」緩緩啟動，開始讀取演員的資料。

原先黑暗的房間裡，兩道聚光燈打下，照亮我與沁芷柔。

我詢問沁芷柔。

「站著不動就可以了嗎？」

「大概吧？一切全自動化，說明書是這樣寫的。」

得到答案後，我無聊地繼續閒站。

此時，正前方亮起一個方形的投影光幕，就像看電視那樣，開始觀看「轉轉電影君」製作出的影片。

電影的開頭，是一片蔚藍的晴空，鏡頭慢慢轉動，從高空中俯瞰一座有些破舊的小城鎮。比較高的建築物，也就是醫院、公司、學校、工廠等建築，民宅都相當矮小。

可能是因為當地還處於鄉鎮朝城市發展的過渡期，人口也不多，所以並沒有看見叢林般的高樓大廈。

接著，視角急速往地面俯衝，彎過了醫院、工廠以及無數民宅，最後衝進一所小學的操場裡。

準確來說，視角對準小學操場中的沙坑。

而那沙坑中……有一名小孩，他大概四、五歲左右，看起來滿臉無聊，小小年紀就有著對人生感到失望的死魚眼，屬於大人不會想抱起來稱讚「好可愛」的那種小孩。

但是看見這小孩，我卻有些無言。

「這是我吧……」

沒錯，雖然因歲月久遠，印象相當淡薄，不過這確實是四、五歲左右的我。

年幼的我正在堆沙堡。會堆沙堡並不是因為喜歡，更不是覺得感興趣，背後的理由相當直接單純：「因為堆沙堡可以一個人玩。」

這是完全可以被理解的事。因為即使是獨行俠的幼體，也早已明瞭這世間的險惡，孤立自身來避開多餘的情感之毒，無疑是聰明的舉動。

毫無破綻，完美至極。

就在我滿意地點頭，忍不住想要開口稱讚當年的自己時，螢幕上忽然有事件發生。

「……喂，把這裡讓出來!!」

有幾個也是四、五歲左右的小鬼，忽然闖進了沙坑。他們踢散幼年的我堆起的沙堡，態度蠻橫地宣告沙坑的歸屬，想要霸占明明是公有地的遊樂設施。

沙坑的大小足以讓所有人一起玩耍，但這些人為了圈起更大的空間，就打算把其他人都趕走。

電影播到這裡，我忽然發覺……有點不對勁。

轉頭向沁芷柔看去，發現她專注地盯著螢幕，正看得出神。但是她咬著下唇，神情複雜，不知道在想些什麼。

「……」

讓我覺得不對勁的點，在於電影劇情的時間點。

既然是我們兩人做為主角的電影……照理來說，我與沁芷柔是進入C高中後才認識的，電影不應該從我年幼時開始播映才對，這樣並不合理，節奏會變得冗長拖沓。

我想不明白，只好沉默著繼續看下去。

我大概漏看了某些劇情，總之年幼的我不知道透過什麼方式，與那些惡霸小鬼達成了協議，雙方決定以「限時比賽堆沙堡」來決定當天沙坑的使用權。

但是，惡霸小鬼足足有五人之多，以五對一，堆沙堡的速度當然也是我的好幾倍，我毫無懸念地落敗了。

這些惡霸小鬼也不是笨蛋，會答應用這種方式比賽，顯然早已打好「絕對能獲

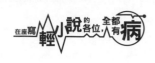

勝」的內心盤算。

雖然輸了比賽，但第二天、第三天、第四天，年幼的我也都跑去了沙坑，在與惡霸小鬼們比賽後又沮喪地回家。

「真是固執啊……當年的我。」

如果是現在的我，肯定不會用這麼幼稚的方式來處理事情。但是小孩子特有的頑固，讓年幼的我一次次發起了挑戰；明知道不可能贏，但也盼望著會不會有奇蹟發生。

然而，奇蹟並不會發生。

因為所謂的奇蹟，是由努力與信念創造而出的事物，也有其極限存在，並不能帶來無中生有的勝利。

年幼的我就這樣一次次敗北，連續輸了兩個禮拜。

「可惡!!」

在第十四天落敗時，年幼的我一拳搥在沙坑裡。

軟弱無力的拳頭，甚至沒有激起沙子的飛揚，只引起惡霸小鬼們又一陣無情的嘲笑。

「可惡啊啊啊啊啊啊啊啊啊啊!!!!!」

在落日的餘暉前，年幼的我仰天嘶吼，那聲音裡蘊含強烈的不甘心。

……或許是那份不甘心，引來了轉機。

是的，轉機。

並非奇蹟，而是如同黑暗中微弱的光芒那樣，只能稱為轉機的存在。

第十五天，早早到達沙坑的我，意外發現已經有人在沙坑裡玩耍。

這個人並不是惡霸小鬼中的一員，而是一個穿著粉紅色和服的陌生小女孩，她的頭髮盤在粉色遮陽帽裡，我看不見她的髮色。

小女孩靜靜蹲著，用撿來的樹枝在沙地上寫字。

年幼的我過去探頭查看，但是地上的字全部都是艱澀的日文漢字，所以年幼的我看不懂。

年幼的我發問。

「這是日文漢字？」

「嗯。」

小女孩悶悶地回答，似乎不太想理我，回答得相當隨便。

如果是長大後的我，對這種一看就缺乏交流意義的對象，在這裡就會敬而遠之；但顯然年幼的我，在獨行俠的道路上走得還不夠遠，也看得還不夠多，所以依舊繼續發問。

「妳怎麼懂這麼難的日文漢字？」

「……」

「學校應該也不會教這個吧？好厲害啊！妳從哪裡學的？」

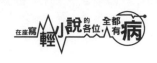

「……」

「說看看嘛，說呀！」

「……」

小女孩一直不理我，但是不懂人情世故的我卻不斷追問，標準的小孩子心態。

看著電影銀幕的我，頓時覺得臉上發燒。在心裡拚命怒吼——你這個獨行俠界的菜鳥，別再給獨行俠丟臉了!!

因為沁芷柔也在看電影的關係，為了不降低我在她心中的格調，我只好雙手一攤，打算開口解釋。

「咳，那個……這就是所謂的『黑歷史』吧，每個人都有過的，所以……」

我話說到一半，卻忽然縮了回去。

因為沁芷柔完全沉浸在電影的情節中，她觀看時的表情……相當複雜。

而且不知為何，那股複雜，令我感到無端的心慌。

那表情，帶著愁思，帶著懷念，也帶著些許痛苦。還有一種靜默已久的沉寂感，與即將爆發前的……哀傷。

就在此時，電影銀幕上，不耐煩的小女孩回過頭，看向幼年的我。

小女孩第一次與幼年的我正面對視，接著她將頭上的遮陽帽取下，原先藏在帽子裡的金色秀髮，在陽光下反射出耀眼的光芒。

亮麗的金髮梳成雙馬尾的形狀，此刻，雙馬尾的髮尾在夏日的微風中微微飄起。這風，不單托起小女孩的秀髮，也托起了戲裡戲外所有人的回憶。

電影螢幕的畫面，在這時做特寫停格，停在小女孩揭開帽子，金色髮絲飄起的那一瞬間。

接著，有輕柔的女聲旁白傳出，替這一幕做出註釋。

少女期待著。

期待著，有一天……或許那名為記憶的餘燼會再度燃起，並隨著思念化成風。

然而，如果思念可以化成風，這一道風……也已經維持了太久。

久到連主人都幾乎無法捕捉。

只能在幾乎連自己都遺忘的回憶中，去追憶、去懷思、去貪婪地擁抱僅存的希望。

細細體會著旁白的用意，我陷入沉默中。

又過片刻，我慢慢轉過頭，看向沁芷柔。

孩童時代的記憶，那最深處的角落裡，悄悄有影像浮現。

那影像慢慢與現在的沁芷柔疊合，最後重合為同一個人。

「這個小女孩……是妳嗎？」

面對我的提問，沁芷柔跟電影銀幕中的她一樣，回過頭，看向我。

「……」

沁芷柔沒有回話。但是，她的眼神卻蘊含著小時候所沒有的複雜，那是一種近乎熾熱的情感，令人感到心頭震顫，下意識想要避開那目光。

因為那目光……對於此刻的我來說，太過沉重。

我與沁芷柔小時候就認識，這個訊息帶來太多意義性，同時也想通太多過去不瞭解的事。

電影銀幕的畫面依舊在停格狀態，房間裡靜到落針可聞。

整理紊亂的思緒後，我緩緩開口。

「……我一直都覺得很奇怪，身為在網路上連載的大人氣輕小說家，妳理應寫作了多年……當年，我國中時在輕小說界戰無不勝，可以說是聲名鼎盛，妳如果對輕小說有所關心，應該會知道我的一點消息……

「當初在出戰E高中的途中，在飛碟上，妳曾經對我與風鈴這樣說過吧？『哼，本小姐之前可是網路上的大人氣輕小說家，對於網路上流傳的情報，當然知道得一清二楚。』，你對E高中的主將『飛將』的情報瞭若指掌，而他只不過是拿過雜誌上『這篇小說真厲害』的主打星一次而已……

「不光E高中的學生，就連D、B、A三所高中的輕小說高手，妳也全部都有深刻的瞭解，每次都是妳向我們介紹敵人的情報。

「我當年可以說是獲獎無數，所向無敵。沁芷柔……但妳在C高中第一次與我見面時，卻表現得像是對我一無所知。

「而且在晶星人降臨不久時，桓紫音老師曾經對我們做出測試。那時妳對晨曦所寫的『早餐少女』表現出巨大的反應，明顯就是知道晨曦這個輕小說家……但是妳卻不知道我……與晨曦齊名的柳天雲，這一切都是如此不合情理。」

「但是，在看了這部影片後，我忽然知道這一切是為什麼了。」

我嘆了口氣。

沁芷柔頭微微低了下來，聽著我的話，眼眶忽然紅了。

最後的最後，我道出結論。

「妳一直都在……假裝以前不認識我吧？」

「為何……妳要假裝以前不認識我？」

這句話，我沒有問出口。

因為在知曉那個過去的金髮小女孩就是沁芷柔後，我早已知曉答案。

「……」

在兩人互相對視的沉默中，時間就這樣悄悄流逝。

我不說話，沁芷柔也不說話，但她眼睛裡卻有淚水轉來轉去，彷彿隨時都會落下。

就在這時，從剛剛就一直處於停格狀態的電影銀幕，忽然影像再次流動，繼續播映了下去。

這個意外的變化讓我們收回視線，在那要命的尷尬中，我們只好繼續看電影。

畫面中，幼年的我與沁芷柔開始閒聊。

「妳的媽媽是日本人呀？難怪妳日文這麼厲害。」

「一般般吧。」

小沁芷柔的回答相當敷衍。

接著，她站起來，哼了一聲，用很快的速度偏過頭去。在她偏過頭的同時，雙馬尾末端的髮絲也隨之搖晃。

「好了，如果你沒事的話，就不要打擾我了。本小姐跟你這種整天無所事事的庶民不一樣，可是難得找到機會才偷偷跑出來外面玩的哦？時間很短暫的。」

連說話時也是一臉高傲的樣子，真是大小姐裡的模範生。

「厲害——好厲害!!妳真的是大小姐嗎？住很大很大的那種房子嗎？難怪妳會穿和服!!」

小柳天雲眼睛放光，雙手比劃了一個大大的圓。

看到小柳天雲這麼激動，小沁芷柔倒是稍微嚇到。

「嘛、啊，還可以吧。不過穿和服是我個人的興趣就是了。」

看到過去的自己這麼失態，我頓時覺得顏面無光。對於獨行俠而言，做出這種大驚小怪的行為簡直就是恥辱。

快點給我成長為獨當一面的獨行俠!!

不過，螢幕裡的那個小柳天雲，當然聽不見我的內心吶喊。

他只是坐在沙坑上跟小沁芷柔閒聊，並且聊到了最近的事。

「妳喜歡沙坑嗎？」

「欸？也談不上喜歡，只是家裡沒有這種髒兮兮的遊樂設施，想體驗看看而已。」

「這樣啊……但是我們很快就會被人趕走了。」

「誰？哪個庶民敢這麼無禮？」

小沁芷柔聽到會被趕走，露出不滿的表情。

於是，我向她解釋惡霸小鬼五人眾的事。

「嘖，居然有一群笨蛋占據了這裡，可惡，難得本小姐偷偷跑出來玩了……」

因為惡霸小鬼五人眾的存在，小沁芷柔感到焦躁。用手掌輕輕拍著堆到一半的土丘，她陷入思考中。

緊接著，小沁芷柔得出結論。

「不然我們聯手吧？只要贏過他們，沙坑就是我們的了。」

「……妳確定嗎？妳從來沒堆過沙堡吧？」

因為連敗的關係，小柳天雲有點沒自信。

聽到對方的話，驕傲的小沁芷柔卻笑了。

在燦爛的陽光下，她金色的秀髮以及白皙皮膚，都微微映出反光，彷彿整個人都在發光發熱，渾身充滿強大的自信。

「我媽媽說過，女人必須充滿毅力，絕對不能半途而廢。說要在沙坑玩就要在沙坑玩，既然本小姐出馬了，比賽就一定要贏!!」

「妳還不算女人吧……年紀這麼小。」

居然有這麼自負的人……小柳天雲一陣無言。為了化解臉上的尷尬，他勉強擠出句子。

「我算!!穿著和服就是大人的象徵唷!在日本，成人禮的儀式，大家也都是穿著和服去參加的!!」

「是嗎……」

雖然從幼童的理論來看，乍聽之下有點道理，但小柳天雲總覺得有哪裡怪怪的。

於是小柳天雲忍不住又開口詢問。

「可是妳沒有胸吧?女人都有胸的。」

對於小柳天雲而言，這句話並非是帶有色情意味的騷擾，而是描述現狀的、再單純不過的疑惑。

但是這個疑惑，對於努力想裝成大人的小沁芷柔來說，卻是再實在不過的打擊。

因為她無從辯駁。

即使再怎麼伸手摸去，四、五歲的她，胸前也依舊一片平坦。

既生氣又感到不甘，小沁芷柔漲紅了臉，抱著自己的膝蓋轉身坐下，不再理會小柳天雲。

小柳天雲開始默默練習堆沙堡。

鬧了一陣子彆扭後，小沁芷柔擠出咬牙切齒的含糊聲音。

「身為一個完美的女人，沒有胸簡直就是恥辱……但是以後一定會變大的。」

「？」

小柳天雲回過頭。

他正好對上小沁芷柔充滿氣憤的視線。

「就・是・說!!本小姐說我的胸以後一定會變大的，一定會！到時候本小姐要盡情嘲笑每個胸比我還小的女人，讓她們每個人都體會到本小姐今天的屈辱!!」

帶著認真到可怕的表情，小沁芷柔整個身體前傾，說話時的氣勢徹底壓倒小柳天雲。連帶的，連他堆砌到一半的沙堡都就此崩毀倒塌。

「……好可怕。」

小柳天雲，在內心一縮的同時，掠過如此想法。

而現實中的我，則是情不自禁地向沁芷柔看去。

雖然明知她已經實現了當年的諾言，或者說願望，但是親眼看到兩者之間的巨

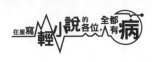

大反差，又有不同的感受。

……真的變得很大。

如同多年前的小沁芷柔所期望，現在的她，身材已經變得很棒。即使還處在青春期的成長階段，從各方面來看身段也無可挑剔，就算臨時取代攝影棚裡的泳裝模特兒，也是立刻能登上雜誌封面的等級。

而現實中的沁芷柔，目光也在這時向我掠來。

「……你剛剛是不是偷瞄我的胸部？」

「——!!」

這是今天第二次，她提出這樣的問話。

但這次我沒辦法否認，於是只好紅著臉不說話。

看到我窘迫的樣子，沁芷柔忽然笑了。之前揭穿幼時相識祕密的尷尬，彷彿要隨著這一笑盡數泯去。

……笑起來的她，比小時候還要可愛。

電影繼續演了下去。

小柳天雲與小沁芷柔，向惡霸五人眾發起挑戰……以沙坑的使用權為賭注，用堆沙堡進行對決，這是一場雖然微小，雙方卻都無比認真的比賽。

但是就算結為同盟，小柳天雲與小沁芷柔畢竟也只有兩人而已，以人數上來看，依舊是壓倒性的不利。

於是，這兩人第一次的挑戰，以失敗做為收尾。

離開沙坑後，兩人跑到附近的盪鞦韆上，坐著討論今天敗北的原因。

小柳天雲這麼提議：

「我說啊，我們這個同盟，果然必須先取個同盟名吧？那些傢伙既然叫做『惡霸小鬼五人眾』，再怎麼說，我們也得有個不遜色的名號才行。名不正就言不順，怎麼會有對抗強敵的底氣呢？」

「唔……嗯……也是啦，你有什麼主意嗎？本小姐就姑且聽看看吧。」

小沁芷柔點頭同意。

大概是早就準備好了答案，小柳天雲迅速進行回答。

「霸絕九天龍凰二人……」

「——不要!!」

「妳為什麼要這麼激烈的反駁啊!?我都還沒說完耶！」

「好難聽，好中二，爛名字!!」

「什麼爛名字，妳沒聽清楚吧？全名可是『霸絕九天龍凰二人組』喔！超棒的好不好！光是聽，就足以使敵人聞風喪膽而逃！」

因為太過激動，小沁芷柔小小的臉蛋漲紅。

「會聞風喪膽而逃的是本小姐啦！會因為太過羞恥而逃走！」

「為什麼身為同伴的妳非得逃走不可啊!!!!!!！」

小柳天雲也露出無法置信的表情。

因結盟的取名，兩人展開激烈的爭執。

原先還高掛天空的夕陽，從兩人爭執的開端，漸漸落到了地平線的底端去，由此可見這兩人的無聊……與那謎樣的執著。

但是說著，兩人原本瞪著對方的凶惡表情，忽然像是意識到這樣無意義性似的，臉部同時一鬆，相對大笑起來。

「哈哈哈哈哈哈哈哈……」

「哈哈哈哈哈哈哈哈哈……」

在那最後一絲夕陽的餘暉下，兩人坐在草地上大笑。

這一笑，笑出了原先沒有的爽朗，也使兩人之間的友情開始萌芽。

那之後，只要小沁芷柔能偷偷溜出家裡，兩人就會結為聯盟，一起對抗惡霸小鬼五人眾。

小沁芷柔在練習堆沙堡時，甚至比小柳天雲還要認真，就算不小心摔得滿身沙土也不會喊苦，一再練習也不會喊累。

「……」

她的那份執著，與亟欲證明自己的決心，甚至連身為同伴的小柳天雲……都為之側目，想不通她對於勝利的渴望，為何會如此強烈。

——而另一方面。

惡霸小鬼五人眾雖然喜歡沙坑，但再怎麼好玩的遊戲久了也會膩，再加上他們並不認為新來的兩人能在比賽裡贏過自己，所以疏於堆沙堡的練習。

說穿了，也不過就是占據領地的習慣，使惡霸小鬼五人眾於此地徘徊不去，否則他們早已離去，去尋找新的樂園。

這一天，在第四次的挑戰裡，惡霸小鬼五人眾在完成沙堡時，小柳天雲與小沁芷柔也完成了五分之四，雙方的差距第一次如此微小，這讓小柳天雲與小沁芷柔喜出望外，差點歡呼出聲。

兩人坐在草地上。

因為最近小沁芷柔常常可以溜出來玩，所以小柳天雲對此感到好奇。

「話說妳家在哪裡？離這裡很近嗎？」

「哦，小鎮裡，靠近東北方那四分之一都是我們的土地，嚴格來說都算我們家吧。」

「那一整區都是妳家!?」

小柳天雲雖然對於小鎮的四分之一有多大沒什麼概念，但也知道這是一件不可思議的事。

小沁芷柔對此倒是滿不在乎。

「對呀，而且我就算偷偷溜出來了，身後應該也跟著一堆保鑣才對，只是藏在我們發現不了的地方而已。」

「……妳家到底多有錢呀？」

「花不完的程度吧，有錢人都是這樣的。像我爸爸常常跑去跟一個叫做隼的大叔賭博，雖然打著趣味性的名義，但賭博的金額連本小姐聽到都會嚇一跳。」

「這樣啊……話說妳隨便叫一個保鑣出來，惡霸小鬼五人眾不就嚇跑了嗎？」

「……不行，我不想靠家裡的力量。」

小沁芷柔輕輕搖頭。

「……因為只有靠自己雙手得來的成果，才不會背叛自身。」

小柳天雲望著她，像是明白了什麼，點點頭，不說話了。

雖然明知道眼前是個超級有錢的千金大小姐，但小柳天雲卻有點同情她。

因為，她明顯過得很不快樂。

出身於名家豪門……大概從小開始，她就像被關在鳥籠中的金絲雀那樣，一舉一動都遭人監視，就算仰望天空，那也是被欄杆劃分開來的天空，不復原本的形貌。

從囚籠裡望出的世界，既空洞又充滿虛妄，所以小沁芷柔才會拚命想要逃出家門，用自己的雙眼……去見證這世界真正的精采。

可是，小沁芷柔能偷偷溜出來，大概也是家裡的人睜一隻眼閉一隻眼的結果，不知道什麼時候就會被剝奪這小小樂趣。

所以小沁芷柔才會如此努力，如此拚命，付出一切心血……想在堆沙堡的比賽上，贏過惡霸小鬼五人眾吧。

這個沙坑，即使表面上只是學校中的小小一隅，但是對小沁芷柔來說，如果能夠獲勝的話——

——這將是她踏出第一步，以自身的意志圈起的立足之地。

——這將是不受他人賜與，靠著自身力量贏來的勝利象徵。

所以……才會如此意義非凡。

所以……才會如此彌足珍貴。

在旁邊觀察，對於這一切似懂非懂的小柳天雲，忽然感到有點氣悶。

這是身為獨行俠雛鳥的他，頭一次在勝利的慾望上被人超越，頭一次……見識到了另類的孤獨。

「……」

是的，沁芷柔雖然身邊很多保鑣保護，大概也有很多傭人服侍，但是她大概很孤獨吧。

其實第一次在沙坑裡見到沁芷柔時，小柳天雲就在對方身上感受到同類的氣息。

那是只有缺乏朋友，內心的海洋一片死寂，甚至連一絲洶湧都無之人……才會擁有的氣息。

但是，由於沁芷柔偽裝得很好，以高傲與倔強，來掩飾那幾乎要滿溢而出的孤寂與不安，所以小柳天雲也被欺瞞過去。

——可是，現在回想起來，那過頭的高傲與倔強，簡直就像是「救救我」的呼喊心聲。

正因為想掩飾內心的軟弱，才會刻意展露表面上的剛強，不是嗎？

「……」

所以小沁芷柔偷偷溜出來了，於此地……尋求自身建立而起的勝利，同時也想尋求笑容。

尋求那發自內心的笑。

這一切的背後涵義，那細膩的心思，如果是長大版的柳天雲，肯定可以充分領會吧。

只不過，在獨行俠之道上還太過稚嫩的小柳天雲，只能模模糊糊領略小半的涵義。但是即使如此，也並不妨礙他理解沁芷柔的求勝心。

所以小柳天雲下定了決心，一定要幫助夥伴取得沙坑之戰的勝利。

可是，惡霸小鬼五人眾足足有五人，想要取勝，並不是簡單的事。

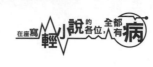

「真的贏不了嗎……不，可以贏的。」

「只要奇蹟發生，就可以贏。」

曾經對於「奇蹟」一詞抱持懷疑的柳天雲，這次重新將希望押注其上。

因為……

「因為獲勝的目的，已經不是為了在沙坑玩耍那麼簡單。

「想獲勝，還有必須贏……信念與信念交織後所擦出的火花……」

下定決心的小柳天雲，慢慢握起拳頭。

「是一定可以引發奇蹟的啊!!」

重複了不知道幾次的挑戰，小柳天雲與小沁芷柔建立起默契，雖然還是沒有獲勝，但與惡霸小鬼五人眾的差距卻越來越小。

以二敵五，能達成這種成績實在不容易。

但是有一天，小沁芷柔從家裡溜出時，身上的和服看起來特別凌亂，當下小柳天雲沒有多問。在當天的挑戰又以失敗收場後，小沁芷柔的表情看起來特別悶悶不樂。

在今天的對決裡，惡霸小鬼五人眾雖然獲勝，但是他們已經被小柳天雲組追趕得心驚膽顫，幾乎就要失去戰意。

小柳天雲組距離勝利，就只差那麼臨門一腳。

「……」

走出沙坑後，兩個人又走到盪鞦韆那裡坐著。

小沁芷柔先是默不作聲，過了許久，露出終於下定決心開口的掙扎表情，她終於打破沉默。

「吶……」

在說話的同時，像是在逃避著對方的視線那樣，小沁芷柔慢慢別開視線。

「如果我說，我明天以後都不能來這裡了，你會怎麼辦？」

「……」

小柳天雲沉默。

他不知道怎麼回答。

世界上沒有能言善道的獨行俠，就算心裡瞭解了對方，常常也會因為笨拙的言辭，致使或許一百分的好意，能夠傳達給對方的，也只剩下及格的六十分而已。

所以他所能做的，就是凝視自己的腳邊，並且不斷思索，試圖找出可能存在的正確答案。

「今天我從家裡溜出來時……被家裡的人阻攔了。雖然最後還是成功逃出，但是如果往後父親下令嚴加看管，大概就沒辦法再外出了……」

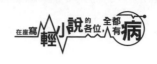

小沁芷柔每個字都說得很緩慢，語氣既艱難又遲疑，像是要將這些話說出口，每一個字都在消耗她的勇氣。

與平常自信滿滿的大小姐態度不一樣，現在的沁芷柔看起來非常脆弱。

剛見面時，她身上的和服會這麼凌亂，也是因為逃出來的過程相當驚險吧。

想了又想，口齒笨拙的小柳天雲決定陳述事實。

「我們就快要贏了，大概明天就能贏。」

小沁芷柔一怔。

是啊……快要贏了，但是那又如何呢？

——今天就是最後一次溜出來了，已經沒有明天，沒有下一次了。

其實小沁芷柔今天會特別悶悶不樂，就是因為打算向小柳天雲道別。雖然沒有獲得勝利很可惜，但清楚父親性格的她，清楚以後要再偷溜出來……已經是不可能的事。

會用帶有保留的方式，以「可能」、「大概」、「或許」這種曖昧又帶有一絲希望的話語向小柳天雲訴說，已經是離別前給予彼此的最後緩衝，只是不忍心使對方絕望的善意之舉。

即使這善意近乎憐憫，那也是善意。

即使這善意既傷己也傷人，那也是善意。

「……」

但是，在陷入長久的思索後，抬頭望著湧動的霞色雲彩，小柳天雲的眼中映著那半殘的夕陽。

在兩人盪起的鞦韆停下後，他的目光慢慢也轉為平靜。

接著他轉過頭，詢問自己這些天以來在沙坑上一起奮鬥的夥伴。

「妳想贏嗎？」

聞言，小沁芷柔一怔。

但她的神色很快黯淡下來。

「那個……我父親很嚴厲的……我以後……大概不能再來了……」

「不是這個，我是問妳……想不想贏。」

聽到小柳天雲再次問話，小沁芷柔又是一怔。

她慢慢低下了頭，看向自己還沾著些許灰色沙粒的雙手。以往白潔無瑕，片塵不染的小手，現在染上辛勤奮戰的證明。

恍惚間，她似乎也看見了自己這些日子以來所付出的那些努力。與惡霸小鬼五人眾的戰鬥，付出過無數心血、汗水……還有渴望獲勝的執念，為了這一戰，為了能夠勝利……自己已經付出了太多太多。

這樣的自己，又怎麼可能不想贏？

小沁芷柔依舊低著頭。

接著，她忽然發現下雨了。

一滴豆大的雨點打在她的手上，將手掌心中的沙粒打溼。

又一滴，又一滴。

「嗚……嗚嗚……」

接著，在真正意識過來的下一瞬間，小沁芷柔才發現那些並不是雨點，而是她歷經這些日子以來，所流下的悔恨淚水。

不斷落淚、不斷落淚，淚水裡充滿著不甘心，與對勝利的執念。

即使用和服的袖子擦去淚水，但那淚水還是無法控制地湧出。

「怎……怎麼可能不想贏……我想贏啊，比任何人都還想要贏。我想證明自己，想要憑藉自己的意識去做喜歡的事，我不想當籠中鳥，我想要……自由……想要贏……很想要很想要……」

帶著哽咽的哭聲，傳進小柳天雲的耳裡。

聽見對方的答覆，沉默片刻後，小柳天雲從盪鞦韆上站起。

接著，他朝對方伸出同樣沾著沙粒的手。

「那麼，我們走吧。」

「去、去哪裡？」

小沁芷柔抬起哭花的臉。

她雖然不明白，但是猶豫一下之後，還是把小手交給對方。

小柳天雲轉過身，看向那快要消失殆盡的夕陽。

「……邁向勝利之路。」

逃跑。

逃跑、逃跑、逃跑——

這是小柳天雲在思索過後得出的答案。

因為明天是假日的關係，惡霸五人眾會比平常更早到沙坑玩。所以只要小沁芷柔今晚不回家，在外面藏起來，等到日出之後，就有最後的機會再次向惡霸五人眾發起挑戰。

而這一次的對決，毫無疑問，將是最終決戰。

牽著小沁芷柔的手，鑽過一排只有小孩子體型能夠通過的學校欄杆，兩人很快跑出了校園。

被派來保護沁芷柔的、那些原先躲在暗處監視的保鑣，因為超乎意料之外，所以慢了幾秒鐘才做出行動。等到他們醒悟過來時，大小姐已經逃離視線範圍內。

他們不會想到兩人「等到天亮再與惡霸五人眾決戰」這種瘋狂的盤算，眼中所看見的，只有想離家出走的大小姐。在他們想來，大小姐既然逃跑了，也就不可能重回原地。

所以他們調派所有人手，急忙向兩人消失的方去追去。

可是。

可是，就在最後一名保鑣從學校離開後，從另一面圍牆，專門給狗狗通過的底層小洞裡，體型嬌小的小柳天雲與小沁芷柔卻鑽了進來，重新回到操場上。

操場的角落裡，橫堆著好幾支圓筒狀的空心大水泥管。那空間大人無法進入，但是如果是小孩子的話，蜷縮著身體就可以爬進，並在裡面安穩地躺下。

兩人預備在這裡度過這最後一晚，等到太陽重新升起，惡霸五人眾到來為止。

就算是夏天的夜晚，凌晨時分依舊相當寒冷，為了取暖，小柳天雲與小沁芷柔鑽進同一根水泥管裡，雙腳各自朝向外面，頭靠著頭，雖然有點擁擠，卻也不失溫暖。

隨著時間過去，逐漸入夜，校園裡響起此起彼落的蟲鳴聲。

原先默默思索心事的兩人，這時才有了交談。

小沁芷柔這時說：

「雖然這時候才問很奇怪……不過，你叫做什麼名字？」

「柳天雲。」

小柳天雲回答完，也問出相同的問題。

「那妳呢，叫什麼名字？」

「因為之前跟父親都住在國外的關係，人家現在還只有英文名字，你應該還沒學過英文吧，說了你也不懂。

「不過我爸爸說，六歲時會幫我取正式名字的。」

小柳天雲無言。

他想了想，又問：

「那我該怎麼叫妳？」

「就叫大小姐吧。」

「喂！我可不是妳的保鑣或僕人喔！」

「嘻嘻，開玩笑的，隨便你叫啦。」

「……」

顯然小柳天雲並沒有取名的興致。

這一晚，兩人都沒有入睡，沁芷柔大概是因為冒險外宿的關係，顯得十分興奮。與小柳天雲聊了一陣家裡的事，接著她又想到明天比賽的事。

「我們……明天可以贏過惡霸五人眾嗎？」

「可以。」

明明一次也沒有真正贏過，但小柳天雲的語氣卻很自信。

「在關鍵時刻，我從來不會敗北。」

「嘻嘻，是嗎？為什麼？」

柳天雲沉吟片刻。

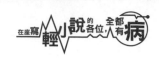

平常他不會這麼多話，也不會說這麼多心事，但今天是特別的。

在自己的勸誘下，小沁芷柔不計後果、勇於踏出了逃跑的一步，這讓他覺得今天至少有回答問題的義務。

「因為缺乏他人助力的獨行俠，是不被允許敗北的。如果退後一步就是萬丈深淵，我相信任何人都會拚了老命去取勝。」

「……你好嚴肅。」

「我一向是這樣的。」

「難怪你沒有朋友。最近新聞上不是偶爾會報導有老人『孤獨死』嗎？直到死前也孑然一身，孤獨一人，這樣子會很寂寞吧？」

聽到「很寂寞」這句話時，小柳天雲想要搖頭，卻不小心撞到水泥管，發出沉悶的痛響。

摸了摸自己的頭，小柳天雲做出回答。

「……我的目標是成為獨行俠之王，如果害怕寂寞，畏懼孤獨的話，只會成為被這兩者所吞噬的弱者。獨行俠裡，不存在弱者。」

小沁芷柔一怔。

「所以你不需要朋友，也不需要夥伴嗎？」

聽了對方的問話，小柳天雲本來下意識要回答「不需要」。

但是，他想起這些日子以來，與自己合作挑戰惡霸五人眾的小沁芷柔。

想起了她的執著，那在夕陽下曾經落下的眼淚。

「怎……怎麼可能不想贏……我想贏啊，比任何人都還想要贏。我想證明自己，想要憑藉自己的意識去做喜歡的事，我不想當籠中鳥，我想要……自由……想要贏……很想要很想要……」

面對這樣子的她，小柳天雲想起了……過去兩人在堆砌沙堡時共同付出的努力。

歷經千辛，嘗遍萬苦，那是以汗水灌溉而出的辛勤。直到最後這一天，兩人即將能夠超越惡霸五人眾了，面對這個問題……自己如果回答一句「不需要」，那不就是否定過去那些日子以來，兩人所有的共同回憶嗎？

那回憶帶來的情感……是友情嗎？小柳天雲對此感到茫然。

身為獨行俠的他所持有的信念，與過去這段日子以來產生的情感，產生矛盾與碰撞。

那碰撞太過激烈，動搖小柳天雲的內心，使他的思緒產生掙扎，然而……

然而……最終，小柳天雲還是無法得出答案。

於是他只好陷入沉默中。

這沉默，終究持續了一整夜。

第二天早上。

因為是假日的關係，惡霸小鬼五人眾一大清早就到沙坑玩耍。

與他們的悠閒相比，早已做好決戰準備的小柳天雲與小沁芷柔一臉鄭重。

「決戰吧，惡霸小鬼五人眾。」

「……又是你們！」

聽見小柳天雲的聲音，惡霸小鬼五人眾一臉不爽地轉過頭來。

惡霸小鬼五人眾不知道這兩人在操場上度過一晚，只認為對方更加早起而已。

事實上，惡霸小鬼五人眾已經開始害怕這無名二人組。明明對方只有兩個人，但堆沙堡的速度卻跟自己五人幾乎不相上下，在一次次對決中，惡霸五人眾不斷感受到小柳天雲與小沁芷柔……那對於勝利的異常執著，他們真的害怕了。

會改在早上來操場玩耍，也是因為不想遇到這兩人。

但是，長久以來對於沙坑的擁有權，連帶使惡霸小鬼五人眾對於沙坑產生了占有慾，他們不想輕易拱手讓人。

「廢話少說，趕快來比賽吧，這一次……我們肯定會贏。」

已經沒有退路了，在這最後一次的決戰裡，小柳天雲一方必須獲勝。

保鑣們還是有重返舊地的可能性，所以他們也想盡快結束比賽。

雙方無聲對視幾秒後，就像過去那無數次比賽拉開帷幕的方式一樣，大家蹲了下來，兩隊各自占據沙坑一角，接著拚命開始堆起沙堡。

比賽項目是一百公分的沙堡，而且得塑造出窗戶及完整的塔尖，必須兼顧速度與精細度，並不是簡單的事。

之前一直是小柳天雲拚命挖沙子來做出大略的城堡形狀，而小沁芷柔負責細部方面的造型微調，這次也不例外。

在堆出城堡底座的同時，小柳天雲朝敵人的隊伍開口。

「惡霸小鬼五人眾，你們聽好。」

「你到底要叫這個難聽的名字到什麼時候!?揍你喔！」

雖然引來對方的憤怒大叫，但是沒關係，這並不妨礙小柳天雲道出事實。

「……我就大發慈悲告訴你們吧，你們今日的敗因。」

「……!!」

惡霸小鬼五人眾裡，其中兩人向小柳天雲狠狠瞪來，手上的動作略緩。

小柳天雲繼續說了下去。

「……你們對於勝敗的執念，早已經開始腐朽。其實你們早就玩膩沙坑了吧？你們那粗糙的堆沙堡技術，就是你們熱情消退的最佳佐證。」

「所以我們兩人……必勝無疑。」

小柳天雲將大量沙子抱到城堡底座上，開始捏出塔身的形狀。

與此同時，小柳天雲的話語不停。

「再者，你們五人只是『不想輸』，而我們兩個是『必須贏』。」

「所以了……你們那脆弱的勝利理念，就在今天由我們來擊垮!!」

就在惡霸小鬼五人眾大多數人都開始氣憤的時候，其中一個比較聰明的人卻忽然醒悟過來。

「不要理他，我們的動作變慢了，快點繼續!!」

但是，他們察覺得太慢了。

在昨天的比賽裡，小柳天雲隊原本離惡霸小鬼五人眾的堆沙堡速度，就只有一絲差距，剛剛他們速度一慢下來，小柳天雲隊立刻就開始反超。

這是第一次，小柳天雲隊領先了對方。

每個獨行俠都是合格的人生觀察家，在第一次與這些人見面時，小柳天雲從他們那惡霸的行徑裡，看出其中有幾個人屬於暴躁易怒的性格。

而暴躁易怒的性格，通常也特別容易受到挑撥。只要憤怒的情緒湧起，就會失去眼前的目標，變得如無頭蒼蠅般盲目。

這個戰術，過去小柳天雲一直沒有使用，並非是不想用，而是還不到時候。

「……只有一次機會。

「只要這個『激怒戰術』使用過一次，對方就會有所防範，之後再也不會奏效。

「也就是說……我必須把這個戰術，留到孤注一擲……必定可以打倒對方的時刻!!」

小柳天雲心中的盤算是正確的。

在堆沙堡的比賽上以二敵五，從理論上來說本來就是不可能的事。即使惡霸小鬼五人眾的技術並不怎麼樣，而小柳天雲與小沁芷柔將技術練至登峰造極，人數帶來的差距也無法輕易彌補。

昨天比賽時，最後的那一絲差距，雖然乍看之下微小，但對於已經施展全速的小柳天雲隊而言，卻是可能永遠無法跨越的鴻溝。

因此，奇計的施展，就是使小柳天雲隊看見勝利曙光的……致勝關鍵!!

少了這個奇計，缺了這個關鍵，那名為勝利的終點線，就不會出現在眼前。

隨著這一領先，而惡霸小鬼五人眾因落後而心浮氣躁，小柳天雲隊就快要獲得勝利。

「塔座……塔身……塔尖……就只差細部的雕塑了，捏出窗戶雖然耗費時間，但是這裡一向都是我們更快。」

小柳天雲在完成塔身的大部分造型後，向惡霸小鬼五人組看去。

「他們還在製作塔尖，照這個速度下去，我們可以得勝。」

「……!!」

——但是。

但是，就在小柳天雲隊貌似穩操勝券的時候，惡霸小鬼五人眾裡，其中身材最高大的一名小鬼忽然站起。

大概是因為大一歲的關係，他足足比小柳天雲高出一顆頭，同時這個人也是惡霸小鬼五人眾裡最暴躁的傢伙。

可以說是五人眾裡的領袖，其名為高大惡霸。

高大惡霸就這麼直挺挺地站著，朝著小柳天雲瞪來。

「我記得，沒有不許破壞對方沙堡的規定吧？」

高大惡霸一邊這麼說著，同時大踏步向小柳天雲隊的沙堡走去。

「嘿嘿嘿……只要把你們的沙堡毀掉，當然也就是我們比較快了！」

露出猙獰的表情，高大惡霸不斷朝小柳天雲隊逼近。

「……!!」

小柳天雲面色一變。

他還是低估對方的壞脾氣，也錯估敵我的身材差距。如果比打架的話，小柳天雲是不可能贏的。

身為獨行俠裡的雛鳥，他還未領略世間的真正險惡，所以當然也無法推算到事情的一切變化。

失策了。

失策了、失策了、失策了、失策了、失策了、失策了、失策了——

小柳天雲內心原先的自信，在此刻分崩離析。如果是未來的他，在歷經了那無數的孤獨後，或許還有可能急中生智解決難題，但現在的他卻面如土色，內心被如雷鳴般的「失策了」隆隆轟響，完全失去應變能力。

但是……自己必須要贏呀。

必須贏，一定得贏，絕對要贏——

因為這是夥伴的最後一次機會了。從下次開始，被禁止出門的小沁芷柔……再也不會出現在這裡，與自己一起堆沙堡了。

「……」

小柳天雲側過頭，向小沁芷柔看去。她正在專注地完成最後的城堡窗戶部分，那表情裡……充滿著對勝利的渴望。

「……!!」

正是因為察覺夥伴的內心想法，所以小柳天雲才能再次展開行動。

那行動甚至不是思考過後的結果，而是由信念所引導，毫無半點猶豫的乾脆行為。

於是小柳天雲雙手大張，就這麼阻攔在高大惡霸的面前。

明知道這行為是徒勞無功，只會換來被一拳揍飛的下場，但他還是做了。

因為所謂的奇蹟，不會降臨在無所事事者身上，如果不行動起來的話，就什麼也辦不到。

「滾開。」

高大惡霸已經站在小柳天雲的面前，離沙坑只有三步之遙。

但是身為最後一道防線，清楚後面有也在努力奮戰的小沁芷柔，柳天雲依舊站直了身軀，寸步不移。

高大惡霸見狀，僅有的耐性消失，怒火跟著升起。

「我叫你滾開!!」

於是他重重一拳朝著小柳天雲的臉部揍去。

已經做好挨揍準備的小柳天雲，只好閉上雙眼。

「……」

啪。

過去一秒鐘。

兩秒鐘。

想像之中的劇痛沒有傳來，小柳天雲睜開眼。

——他首先察覺的是，剛剛發出「啪」的一聲，原來是高大惡霸的拳頭被人接住的聲響。

一道穿著粉紅色和服的身影，就這麼站在小柳天雲旁邊，伸出手，擋住了高大惡霸的拳頭。

是小沁芷柔。

比高大惡霸矮上一個頭還要多的小沁芷柔。

高大惡霸與小柳天雲，同時露出無法置信的表情。他們無法理解情況。

接著——

小沁芷柔搭住了高大惡霸的手腕，順勢一個轉身，直接一個動作颯爽的過肩摔，把高大惡霸重重摔在一旁的地上。

與看起來柔美的容貌並不相符，小沁芷柔在動手時，展現出的是剛強的武者風範。雖然技術還未臻千錘百鍊之境，但也不是只憑藉身材欺負人的高大惡霸可以抵禦。

「妳這傢伙——!!」

高大惡霸從地上爬起後，憤怒地向小沁芷柔撲去，但是這次小沁芷柔側身一閃，腳輕輕一勾，又把高大惡霸弄得跌倒在地。

這次高大惡霸是臉面朝下跌倒，雖然沒有受傷，但卻吃了滿嘴的沙土。

一個站著，一個躺著，雙方的高度立刻逆轉。

小沁芷柔雙手抱胸，從高高在上的角度俯視對方。

「搞清楚你想欺負的對象，庶民。

「……本小姐生氣起來可是連我自己都害怕哦？你還是乖乖繼續比賽比較好。」

用冷冷的語氣發出警告，加上神氣的上位者氣勢，這時候的小沁芷柔看起來相當令人憧憬。

那是一種宛如帶刺的玫瑰花般，既不失豔麗，又能充分帶給敵人威脅的美。

高大惡霸顯然也被那氣勢震懾，嘴巴張了又開，開了又張，最後還是沒有說出話來，乖乖回到原位去繼續堆沙堡。

可是，趁著高大惡霸所帶來的空隙，惡霸五人組的堆沙堡進度追了上來，雖然沒有超越小柳天雲隊，但也有與他們並駕齊驅的完整程度。

雙方大概都是再捏五個窗戶，就大功告成的進度。

就在此時。

早就已經回到沙堡旁就位的小沁芷柔，忽然對小柳天雲發出呼喚聲。

「幫幫我！」

由於平常都是由沁芷柔來捏窗戶收尾，所以小柳天雲沒有捏窗戶的經驗。

只是，此刻聽見夥伴的呼喊聲，小柳天雲的身體動作超越了意識——在多餘的想法還來不及浮現前，就自動自發地朝小沁芷柔的身旁跑了過去。

「一個窗戶……兩個……三個……四個……!!」

最後的窗戶，終於在令人屏住氣息的緊張中，由兩人一起完成。

「完成啦!!!!!!!!」

在柔和的晨光下，小柳天雲跟小沁芷柔一起在沙坑上跳了起來。

那跳躍竭盡全力，既帶起了地上的沙粒，也帶起了兩人額上的汗水，更帶起了……兩人這段時間所付出的努力，所共同擁有的那份回憶。

落地後兩人緊緊相擁，又叫又跳，高興到無以復加。

一起發出勝利的吼聲，替自己慶祝青春留下璀璨的一頁，這就是小孩子特有的任性權力。

「贏啦!!我們贏啦!!!!!!」

小柳天雲抱起小沁芷柔大叫。

直到此時，身後的惡霸五人組，沙堡也還差兩個窗戶才完成，他們的敗北無比真實。明明他們只是第一次輸，而小柳天雲組是第一次贏，但這次小柳天雲組的勝利……卻超越了過去那無數次的勝負，化為強烈的意義性，直接衝擊到雙方的內心深處。

按照約定，惡霸五人組垂頭喪氣地離開沙坑。

「大小姐！大小姐!!」

但是，小柳天雲與小沁芷柔兩人還來不及享受勝利的成果，操場的另一端就傳來著急的男聲。

一群穿著黑色西裝的保鑣正拚命朝著這裡跑來，好不容易找到大小姐的他們，臉上露出快要哭出來的表情。

「……」

事後，小沁芷柔面對那群黑西裝保鑣，向他們宣稱這一切都是自己的主意，是她誘拐小柳天雲逃跑的。

年幼的小柳天雲那時並不清楚，這是小沁芷柔為了擔下所有責任的舉止。對於豪門世家來說，要把黑手伸向小小的柳家是很簡單的事，這個行為替小柳天雲避免了後患。

只是，做為擔下所有責任的代價，小沁芷柔也很清楚，大概……今後再也無法輕易外出了吧。

可以想像，經過這次的事件，回去後的警戒將會加強百倍。一個小女孩再怎麼厲害，也不可能越過無數眼線，穿過大得誇張的家裡，然後逃到外面來。

但是，小沁芷柔知道，自己還有與小柳天雲見面的一次機會。

於是，在保鑣奔近之前，她小聲地朝著小柳天雲開口。

「五天之後的晚上七點，人家會外出參加宴會。按照路線推算，到時候載人家的禮車一定會經過小學門口……你就在那裡等我。」

五天後的晚上七點，小學門口？

小柳天雲一怔。

但是，在他的疑惑化為言語之前，小沁芷柔抓緊僅存的時間，把話一口氣說完。

「我……等著聽你的答案。」

拋下這句話後，小沁芷柔就跟著保鑣回家了。

在所有人都離開操場後，停留原地的小柳天雲孤零零地站在沙坑裡，一言不發地望向自己與小沁芷柔一起堆的沙堡。

「妳要的答案是……不，妳想聽的答案是……」

「所以你不需要朋友，也不需要夥伴嗎？」

在那夜，小沁芷柔問出的問題。

小沁芷柔想要知道答案。

小柳天雲當時沒有回答，因為不知道怎麼回答。

歷經了這一切後，那得來不易的勝利證明——沙堡本身，正矗立在小柳天雲的面前，不斷刺痛著他的內心。

「……是啊，是該回答。」

小柳天雲輕聲呢喃。

操場上變得相當安靜，現在惡霸五人組不在了，保鑣也不在了，小沁芷柔……更加不在。

在彷彿只有自己的世界中，小柳天雲蹲了下來，默默將臉埋進膝蓋中。

「……」

在那無邊的沉默裡，小柳天雲知道，自己確實應該給對方一個答覆。

五天之後，晚上七點。

夕陽落下後，夜色正在逐漸籠罩大地。

一輛加長型黑色禮車停在小學門口，那車身之漆黑，彷彿要與黑夜融為一體。身穿紅色禮服的小沁芷柔，從禮車裡急忙鑽出。

在離家出走事件結束後，小沁芷柔果然被嚴加看管，別說偷偷溜出家裡了，就連上廁所都會有女僕在外面等候。

現在禮車之所以會做出難得的停頓，給予小沁芷柔短暫的會面時間，已經是小沁芷柔極力央求同車的母親的最好結果。

但也只有五分鐘而已。

「七點整了……」

小沁芷柔焦急的視線，在附近的所有景物上不斷游移……徘徊，試圖找出那熟悉的身影。

因為附近沒什麼遮蔽物的關係，她很快將周遭確認了一遍。

「沒有……人沒有來……明明說好七點整在這裡見面的……」

「怎麼會這樣呢……七點零一分了……快沒時間了啊……」

內心一片冰涼，小沁芷柔左顧右盼的臉孔，著急到快要哭出來。

即使面對巨大惡霸時，也依舊毫不退縮的俏臉，此時臉上帶著完全不適合她的軟弱。

那份令人憐惜的軟弱，足以使所有人心軟。就算是再怎麼心腸剛硬的惡棍，也會輕易原諒此刻的小沁芷柔。

然而。

然而……小柳天雲依舊沒有來。

七點零二分……甚至都已經零三分了，離約定之時早已過去，小柳天雲的身影，依舊沒有出現在附近。

「不可能的……他不可能不來的。」

自小生活在上流上會，從來沒有真心交過朋友的小沁芷柔，這是第一次交到朋友。

所以小沁芷柔無比珍惜雙方的交情，從她獨自擔下離家出走的責任，就可以看出她對於這份情感的重視。

過去與惡霸五人眾奮戰的回憶，在短短的時間內不斷湧出，自小沁芷柔的眼前閃過。

「你在哪裡……」

小沁芷柔喃喃道。

這時，時間赫然來到七點零四分。

呼喚著夥伴的名字，小沁芷柔忽然提起紅色禮服的下襬，不顧一切地朝著學校裡面衝去。

「你在哪裡……柳天雲!!」

她並不知道小柳天雲的住址，於是，在那令人絕望的時間壓力下，只好朝著兩人唯一的交集點——也就是操場上的沙坑衝去。

「……」

躂躂躂躂躂躂躂——

禮鞋的聲音在夜晚的校園裡激起響亮的回音，她身後有一群大呼小叫的保鑣在追趕著大小姐。

奔跑的同時，小沁芷柔的內心重新燃起小小的希望。

——每次小沁芷柔到了沙坑時，小柳天雲總是會等在那邊。

——每次他總是會抱怨著自己的遲到，然後催促自己開始練習。

——是啊，到了那邊的話，柳天雲一定也……

——!!

接著，小沁芷柔的腳步忽然停頓。

因為她看見了——

遭夜色完全籠罩的操場，此刻被光線微弱的路燈所照亮。

而小柳天雲就坐在沙坑的邊緣處，他低垂著臉孔，背脊靠在似乎是自己製造的沙椅王座上。那臉孔因為被陰影所覆蓋，所以小沁芷柔看不清他的表情。

五天前，兩人一起努力做出的沙堡，就靜靜立在小柳天雲的腳邊。過了這麼多天沙堡依舊完整，堪稱奇蹟的體現。

小柳天雲為什麼會在這裡？

為什麼不遵守約定，七點整在小學門口會面？

為什麼……要自己建立一個沙椅王座，守在沙堡旁邊？

有太多的疑問，小沁芷柔想要問出口。

——但是，她已經沒有時間了。身後保鑣的呼聲越來越近，而這次再別離，很有可能就是永別。

她一直沒有對小柳天雲說，自己一個禮拜後要搬到遠方城市去的事。其實來這座小鎮住，也只是因父親的工作需要才暫居而已。

所以，已經快要沒有機會……沒有時間了。

於是，在最後的最後，甚至都還來不及擦拭因奔跑產生的汗珠，也來不及整理衣裳，小沁芷柔直接將在自己心中盤旋、纏繞了五日的問話，急切地喊出。

「……所以你不需要朋友，也不需要夥伴嗎？」

這是小沁芷柔第二次提問，問得無比鄭重，那迫切想得知答案的心情，使她下唇幾乎要咬出血來。

「……」

於是。

從未對這個問題正面回答過的小柳天雲，在小沁芷柔的注視中有了動作。

依舊被陰影籠罩著臉孔，將所有的表情都藏在了黑夜之中……這樣子的小柳天雲，緩緩從沙椅王座上站起……接著，他右足後伸，對準了沙堡，做出足球踢的預備動作。

「……!!」

就在小沁芷柔無法置信的目光中，他用力一腳踢在沙堡上。沙堡遭受巨大的力量破壞，頓時散得不成模樣，那飛濺而起的沙土沖天而起，甚至有幾粒沙土落在小沁芷柔的臉上。

「……這就是我的答案。」

小柳天雲的話聲很冷。

站起來的他，臉孔依舊被陰影所掩蓋，但是在黑夜下，他腳下的影子被微弱的燈光映得很長。如果仔細一看，會發現那影子不斷微微晃動……這晃動，也不知道是因路燈閃爍，還是影子的主人正在發顫。

「所謂的獨行俠，既不需要朋友，也不需要夥伴。需要他人來幫襯自身，不過是需要依託他人的弱者。我柳天雲……不會是弱者。」

「……──!!」

……絕望。

在這一瞬間，小沁芷柔的表情混雜了無數情緒。那裡面既有絕望、憤怒、憎惡、痛苦，也有難以言表的疑惑。

但是，最後這些情緒，統統混合成了複雜的憤怒，並透過言語傾瀉而出。

「大笨蛋、大笨蛋，去死吧大笨蛋！」

即使拚命大喊，心中的鬱悶與苦痛，也無法稍減半分。

──明明這麼長時間以來，都一起努力過來了。

──你一直在利用我，或者說根本沒有信任過我嗎……柳天雲!!

小沁芷柔的淚水奪眶而出。

「去死吧去死吧!!再也不理你了!!大笨蛋!!」

年幼的她罵人的言辭乏善可陳。翻來覆去，也就是去死吧跟大笨蛋這兩種交替使用，可以說是完全沒有殺傷力可言。

但是，她神情中蘊含的淒苦，以及那深深受到傷害的語氣，都充分表達出自己的痛苦……是多麼的深刻與難以釋懷。

就像作了再也醒不過來的惡夢那樣，小沁芷柔本來滿心期待柳天雲的回答，以為對方肯定會承認自己是朋友……再不濟，也會是共同奮鬥的夥伴。

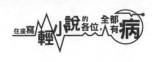

但是，柳天雲無情的話語，擊碎了小沁芷柔心中的那份期待。兩者之間所帶來的巨大反差，使她的內心幾乎崩潰。

表面上再怎麼堅強，她也只是個四、五歲的小女孩而已。

所以，小沁芷柔選擇哭著逃離現場。

「去死吧去死吧去死吧——!!臭柳天雲，去死吧——!!」

一邊放聲大哭著，小沁芷柔用最快的速度轉身離開，轉身時差點撞上身後剛追來的那些保鑣，她的背影很快消失在黑暗中……消失在小柳天雲的視線中。

「……」

校園內的操場重返寂靜。

小柳天雲慢慢坐倒在沙椅王座上，他沉默良久，最後低聲笑了。

「呵呵呵……哈哈哈哈……哈哈哈哈哈哈哈……」

那笑聲裡殊無歡樂之意，反而像是在笑話自己的愚蠢，亦帶著濃厚的悲傷。

此時天空上的月亮露出臉來，淡淡的月光照在小柳天雲的臉上。

原先一直隱藏在黑暗中的臉孔露出，他的臉上早已布滿淚痕。

「朋友……朋友……或許是吧，但我們不能成為朋友。」

雖然年紀還小，但自小就習慣在角落觀察世界的小柳天雲，從旁觀者的角度，思考了很多事情。

……如果成為朋友的話，小沁芷柔一定又會想盡辦法跑出來尋找自己吧。這樣子的話，她將會不斷受到責罵，但是倔強的她肯定不會屈服於教導，事情將變成惡性循環。

……再者，自小生活在上流社會的她，也不是自己這種庶民能夠交流的對象。

……就算一年過去了還是朋友，三年過去了友誼也未動搖，那五年呢？十年呢？二十年呢？

……終究有一天，高高處於枝頭上的鳳凰會展翅而飛。那速度太快，高度也太高，並不是渾身灰撲撲的麻雀能夠觸及的領域。

到了那時候，鳳凰終究會察覺麻雀不是自己的夥伴；到時候……雙方打量彼此的目光，也將從本質上產生變化。

可是。

只要提早斬斷那名為情感的橋梁，雙方自然就不會踏足其上；也就是說，不會再有墜入深淵的可能性。

那麼，就算被認為薄情寡義也無所謂，這斬斷橋梁的一刀，就由自己來揮出。

「所以……」

所以，不如現在就斷了吧。

除了堆沙堡之外，缺乏所有交集點之外的兩人，不如趁現在就斷了吧。

這樣子的話，對雙方都好。現在離別的話，就算內心有了裂痕，也不會傷到難以痊癒。

……或許這一切，會被認為是獨行俠的任性，但獨行俠本來就是這樣子的。

「背負世間所有憎惡，將修羅之力加諸己身，獨行俠本就該如此。」

只是。

「只是……為何……眼淚無法停止……」

小柳天雲抬起頭，想藉著仰頭的動作抑制不斷落下的眼淚，卻是徒勞無功。

「為何……會如此痛苦……就像心靈被撕裂了那樣……」

此時月亮再次被雲層遮擋。

唯一回應他的，只有那爭先恐後湧上的黑暗。

那之後，小沁芷柔果然再也沒有來過沙坑。

小柳天雲孤獨的身影，在沙坑待了好久好久。每天的日落時分，他都默默堆著沙堡，一刻不停。

就像在執行緬懷過去的儀式，又好像在進行某種只有自己能理解的贖罪那樣，連續好幾個月，他都持續著這樣的行為。

惡霸五人眾，在這段期間內也來過沙坑。

某天，巨大惡霸忍不住發問：

「那個穿著和服的女孩子呢？她不是總跟你一起堆沙堡嗎？」

「……」

面對巨大惡霸的提問，小柳天雲只是沉默著搖搖頭，接著繼續堆沙堡。

巨大惡霸好奇心起，蹲在小柳天雲旁邊，繼續追問：

「你們吵架了？」

「……我不知道。」

小柳天雲再次搖搖頭。

巨大惡霸抓了抓頭。

「那個和服女孩到底為什麼不來了？雖然揍人時很凶暴，但老實說她長得很可愛耶。」

「……我不知道。」

「那你知道什麼？」

「……我不知道。」

就像壞掉的留聲機那樣，不管問起小沁芷柔的什麼問題，小柳天雲總是回答「……我不知道」。

……會這麼回答，並非是因為他想要敷衍帶過問話。

那一句句的「我不知道」，在千百次重複出口後，形成了某種暗示與催眠，漸漸封住了小柳天雲受傷流血的內心。

因為太過痛苦的緣故，藉著讓自己信以為真來逃避事實，他想讓自己相信……自己真的什麼也不知道。

「……」

直到八個月後，某天，小柳天雲的身影也消失在沙坑上。

他不再去沙坑了。

把內心的傷痕封阻，將那最後一夜有關小沁芷柔的記憶封印而起，最後……為了避免那深深的傷口被自己翻開檢視，小柳天雲幾乎已經相信了自己什麼也不知道。

將代表真相的記憶壓縮再壓縮，塞在最不起眼的記憶角落裡，小柳天雲的心也慢慢沉寂。

只是。

只是……小柳天雲終究有了疏漏。

想要實現完美的獨行，本來就需要爐火純青的人生理解，身為一個不成熟獨行俠的他，甚至連自己留下的破綻都沒有發現。

「……奇怪，好奇怪。」

但是那破綻，卻被小沁芷柔發現了。

兩人分別的同一年冬天，蹲在羊毛地毯上，注視著光芒跳動的爐火，小沁芷柔的眼中反映著火光。

窗外寒風凜冽，但那寒風卻凍結不了小沁芷柔活躍的思緒。

氣憤好幾個月之後，小沁芷柔慢慢冷靜下來，接著發現事情很多疑點。

「我們最後一夜見面時，柳天雲的腳下……那沙堡保存得非常完整。

「距離我們比賽完已經過去五天，如果沒有人持續進行修復的話，沙堡早就被風吹壞得不成模樣……那沙堡的底座堆法是我們獨創的，只有我或柳天雲會重塑，也就是說……在我不能外出的那五天裡，柳天雲一直在努力修復沙堡，而且多半整天待在沙堡守衛，不然沙堡早就被惡霸五人眾毀壞了。」

她可以在內心勾勒出柳天雲坐在沙坑裡，努力維護沙堡的樣子。

「一個每天都努力修復沙堡……守護沙堡的人……卻在我面前用力把沙堡踢毀。把努力照顧的東西自己毀掉，這完全沒有道理。」

「再來，他刻意待在沙堡處，還事先捏好沙椅王座裝模作樣，代表他早就猜到……我會去那裡見他。」

小沁芷柔越想越是有道理。

但是她猜不到柳天雲那專屬於獨行俠的意念。因為那意念孤獨到近乎扭曲，並

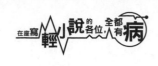

不是正常人可以理解。

「柳天雲如果討厭我的話，根本不必見我，更不必捏好沙椅王座在那邊等我……」

「也就是說，他是故意引我到沙坑那裡，再踢毀沙堡給我看的……但這是為什麼呢？他為什麼要這麼做呢？」

……不明白。

不明白不明白不明白不明白不明白不明白不明白不明白不明白不明白不明白不明白。

為了撥開迷霧理解真相，又不想再次傷及自尊，小沁芷柔選擇在暗處觀察小柳天雲的行動。

就這樣，時間漸漸過去。

春去冬來。

小柳天雲與小沁芷柔很快上了小學。

在這一年，小柳天雲初嘗寫作，寫作的才能開始發光發熱。在寫作領域無人可擋的他，天才之名震驚了整個圈子，以從來沒有人可以辦到的全比賽制霸戰績，小柳天雲成為寫作圈裡的名人。

直到小學三年級時「晨曦」的出現為止，柳天雲才終於有了對手。兩人棋逢敵手，開始不斷互相角逐，追求唯一的勝利。

小沁芷柔並不知道，小柳天雲為了避免受傷，已經將當年的事封印在內心的最深處。

她所看見的，是柳天雲有了新的關注對象——就像當年在沙坑裡關注自己一樣，柳天雲把原先投注在自己身上的心力，全部轉交給了那個叫做晨曦的人。

「哼，這跟我沒有關係……本小姐才不在乎呢。」

即使倔強地發表如此言論，小沁芷柔依舊無法欺瞞自己的內心。

小柳天雲每次得獎，要領獎時，她總是會想辦法到現場去偷看。哪怕只是看一眼也好。她想看看，柳天雲開不開心……過得到底好不好……長得有沒有比之前更高了……

……還有，小沁芷柔想看看，柳天雲是不是已經忘記自己了。

一次又一次，怔怔地望著獎臺上不斷獲得寫作獎項的小柳天雲，小沁芷柔慢慢變得沉默。

那沉默，並沒有使小沁芷柔的行動停止。甚至有一次為了偷看柳天雲，她還差點撞到常常跟爸爸賭博、那個似乎叫做「隼」的大叔，幸好對方沒有認出自己。

最終，或許是為了彌補當初的遺憾，又或許是為了踏進柳天雲身處的世界去看上一看，小沁芷柔也動筆開始寫作。

首先從網路上開始。

在寫作上，有著超常天賦的小沁芷柔，很快就在網路上累積了大批粉絲，並建立起自己的粉絲團。

但是，隨著逐漸踏入寫作世界，她也發覺了在寫作這一方面，柳天雲究竟擁有多驚人的才華。

……超級怪物。

……不世出的超新星。

……寫作界未來的希望。

種種堪稱奢華的稱號，在寫作雜誌上，絲毫不吝惜地被加諸在柳天雲的身上。

剛開始小沁芷柔還不服氣，但越是寫作，變得越是厲害，她就覺得自己距離柳天雲越來越遠……那是會令人感到絕望的、彷彿永遠也追不上的巨大差距。

而晨曦……就像恰好能與柳天雲互相輝映的另一顆明日之星，在他們的交戰中，沒有小沁芷柔插手的絲毫餘地。

於是，小沁芷柔開始感到自卑。

明明表面上比誰都更高傲，但是那高傲……換個角度來看，也正是因為想掩飾那份自卑而存在。

「……」

歷史總是驚人的相似，當初也是因為自卑，所以小柳天雲選擇遠離小沁芷柔，踏上孤獨之道。

而現在，輪到小沁芷柔了。

小沁芷柔同樣對自身有了不確信。在她眼中，身為寫作天才的柳天雲，實在太過耀眼。

但是，在這裡，小沁芷柔做出了與小柳天雲相反的行動。

她並不逃避，而是勇敢地選擇繼續與柳天雲待在同一個世界。

「如果繼續寫作的話……柳天雲遲早有一天會注意到我吧。

「如果人家變得更厲害的話如果人家我變得更厲害的話……柳天雲的眼睛裡，也不會只看見晨曦吧？」

懷抱著如此想法，小沁芷柔繼續沉浸於寫作世界裡。

她不斷寫著，拚命精進自身。

寫著，寫著。

寫著……寫著……

這一寫，就是許多年過去。

最終，同樣進入C高中的兩人，在晶星人降臨後……終於在校園裡再次會面，於一次次的波折後，於怪人社裡再次齊聚。

並且於最終一戰前，在畢業旅行時揭露彼此的過去。

過去與現在的回憶，在此刻交融、聚集為一點。兩人會在過去相遇，並於此刻重逢，必定有其意義存在。

「……」

這一次……柳天雲不逃了。

沁芷柔當然也不會逃。

因為唯有正視過去……才能擁有重新定義現在的資格。

此時，於現實中，「轉轉電影君」的電影已經播映結束。之前的那些影像，都只是預先放映的結果，外面的觀眾並不會看到。螢幕上此時浮現「確定要正式進行播出嗎？」的選項，我們選擇了否。

……因為，那並不是輕易能給別人觀看的過往。

就算時隔多年後的現在，那處於記憶最深處的傷口也未曾痊癒，現在一經提起，又再次痛徹心扉。

而且，我與沁芷柔，透過第三人稱播映的電影角度，都明白了許多當年的疑惑。

沁芷柔明白了，我踢翻沙堡，與聲稱「雙方不是朋友」的原因。

我則明白了，沁芷柔為何早就與我相識，卻不願意與我相認的原因。

……恐怕，小時候遭到背棄後，沁芷柔心目中的我是個超級大混蛋吧。

雖然多年以來一直都關注著這個超級大混蛋，但因為不願意提起當年的事，也不想說明自己就是當年那個一起堆沙堡的小女孩。沁芷柔只是靜靜待在我的身邊，等待我哪天或許會發現真相，並且給她一個合理的解釋。

這一等就等了好多年，甚至進入了怪人社後，沁芷柔也一直在等。

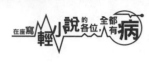

「……」

沁芷柔轉頭向我看來，眼眶有些紅，卻沒有落淚。

與當年那個受到刺激後就哇哇大哭的小沁芷柔不同，這些年過去後，她變得很堅強很堅強了。

那堅強，即使是身為獨行俠的我，也不禁為之佩服。

「柳天雲……人家一直都在等你……等你告訴我真正的答案……我一直都很想很想再問你一次，聽聽你真正的想法……」

沁芷柔微微低頭，輕聲向我發話。

「……所以你不需要朋友，也不需要夥伴嗎？」

——!!

這句話語明明說得無比輕柔，但聽在我耳裡卻如雷鳴般驚心動魄。

彷彿穿越了時空，穿越了那無數回憶，將幼時的小沁芷柔與現在的沁芷柔，兩者的影像重合為一……這句話帶有撼動心靈的魔力，使我的內心產生震顫。

直視著沁芷柔秀麗的臉孔，我陷入沉默中。

「……」

是啊……

不止是沁芷柔有所成長，隨著這些年過去……我踏進了寫作界……等到晨曦出現，接著晶星人降臨，再經歷怪人社的這一年來，我也成長了許多許多。

不再像當年那樣意氣用事，不再將純粹的獨行俠做為目標，而是以「守護」為己任。

如果是小時候的我……甚至是晶星人降臨前的我，面對此刻沁芷柔的提問，想必會驚慌失措，藉著哈哈大笑來逃避現實吧。

但是，現在的我……不一樣了。

完完全全，不一樣。

跟沁芷柔一樣，我也已經變得很堅強。風鈴、雛雪、輝夜姬、桓紫音老師……還有沁芷柔，這些人都已經成為我心靈上的堅實後盾，所以我不會再輕易倒下，也不會再輕易逃避。

「……」

於是，此刻的我，正視著沁芷柔的雙眼。她那對漂亮的碧色雙眸，帶著緊張，帶著多年以來……對真正答案的疑惑。

在回答前，我深深吸了一口氣。

接著，以鄭重無比的態度，面對沁芷柔人生中第三次「……所以你不需要朋友，也不需要夥伴嗎？」這樣的提問，第一次做出發自肺腑的答覆。

「……我需要。」

以非常誠懇的態度，我對沁芷柔坦白心聲。

「……我需要夥伴，也需要朋友。所以了，沁芷柔，請成為我的夥伴吧……如果可以的話，也請跟我當朋友。」

「……」

聽完我的話，沁芷柔怔了好久，接著她忽然流下淚來。

但是，與當年不同的是，這次並不是因軟弱而流下淚水。

「嗚……嗚嗚……」

沁芷柔像貓一樣，用手掌心拚命想擦去眼淚，但是那眼淚卻根本止不住。

「大、大笨蛋……」

過去與現在，沁芷柔與小沁芷柔，唯一相同的是給予我的回覆。

「都過去這麼多年了，這解釋未免也來得太遲了吧!?大笨蛋大笨蛋大笨蛋！去死吧！大笨蛋!!」

每一句話，乃至每一個字都帶著濃濃的哭腔。不斷啜泣的沁芷柔，不停對我發出咒罵。

但是，那咒罵，卻蘊含彷彿心裡某塊死結被解開般，帶著陰霾徹底消散的痛快感。

「大笨蛋、大笨蛋……去死吧!!你今後一定要負責哦？直到賠償完人家這些年的損失為止，我絕對不會再放過你了，絕對別想再擅自離開!!」

說話時，沁芷柔朝我靠近。

她的話聲漸低，但語氣卻越來越溫柔。

「……要負起責任來哦？」

她抓住了我的衣袖，將頭輕輕埋進我的胸膛。

「……永遠永遠的。」

離開「轉轉電影君」後，我與沁芷柔之間的氣氛變得有點微妙。

那微妙並非來自尷尬，而是源於立場的轉變。

小時候那個小女孩就是沁芷柔，她可以說是我的青梅竹馬。知曉這一點後，明明沁芷柔還是那個沁芷柔，對她卻有了奇妙的印象變化。

而且。

「並不是錯覺……吧？」

並不是自我良好的錯覺，在電影播映結束，沁芷柔靠在我的胸膛上時，我忽然覺得如果當下告白，成功機率是百分之百。

當初為了掩飾真相，我與沁芷柔僅止於虛假的情侶關係，現在如果弄假成真，雖然學校裡其他外人不會發現真相……但是，肯定會在怪人社裡掀起騷動。我已經可以想像到桓紫音老師大驚小怪的場景。

「再說……最後一戰，就快要到來了。」

如果考慮到最終一戰的準備，現在不是引起多餘事件的時機，這只會使我們的原本的勝算再次降低。

怪物君實在太過強大，這並不是能夠分心旁顧的敵人，必須打起十二萬分精神來應付。

「還有……」

還有，我也想好好沉澱一下心情，在確認自身的心意後，再做出那可能無限趨近於正確答案的行動。

畢竟現在我對沁芷柔的看法……既複雜又混亂，在知曉她的過去後，我已經無法用之前的態度來面對她。

不過，沁芷柔確實很多優點。長相可愛，身材絕佳，個性雖然彆扭但本質相當單純……而且興趣也是喜歡寫作。

可以說是無可挑剔。

這樣子完美的女孩子，如果想與她交往，必須做好萬全的心理準備，確認自己真正的心意後，才不會顯得失禮。

「……」

獨自坐在角落，我靜靜地望著遠處的人群。

走出電影準備室後，許多人圍著沁芷柔詢問電影為什麼沒播出，沁芷柔隨便找了個理由搪塞過去。但不擅長撒謊的她，表情看起來有點彆扭。

「那就再上映一部專屬於沁芷柔大人的電影吧!!大家說好不好？」

「喔——!!」

支持者們紛紛舉起拳頭歡呼，被眾人纏住的沁芷柔，大概短時間內無法脫身。

人群再次鬧騰起來，那歡欣鼓舞的氣氛，還有幾乎要直衝雲霄的「沁芷柔大人」呼喊聲，就算是坐在遠處的我，也能感受到群眾的熱情。

「……」

與獨處的我形成鮮明對比，彷彿天生就該立於人群正中央的沁芷柔，看起來是那麼的耀眼。

「這裡……是屬於她的舞臺。」

在沁芷柔發光發熱的時刻，或許我不該繼續打擾。

於是，在望了沁芷柔最後一眼，並送上內心祝福後……我慢慢起身離開。

「說起來，在遊樂園的遊玩時間，也快結束了吧。」

我從口袋裡掏出每人都有一本的畢業旅行小手冊，開始察看行程，發現下一個旅遊地點是「九九九九九神社」。

「九九九九九神社……共有九九九九九級階梯，傳說爬到最高點可以實現戀愛願望，非常靈驗……」

這是什麼啊……九九九九九級階梯也太多了吧……

記得這個世界是桓紫音老師設計的，果然這種看起來就很麻煩的東西是她的最愛。

「不過，戀愛願望嗎……應該會有很多人感興趣。

「有一句話是『戀愛使人盲目』，或許也只有盲目的人，能夠無視肉體的疲憊，拚命爬到最高點吧。」

利用在遊樂園裡的最後一點時間，我跑到地圖上一個名為「抽獎屋」的地方去玩。

抽獎屋其實並不大，裡面只有一個NPC小丑在顧店。他面前的桌子上有一臺銀白色的轉珠機，每次轉動都會有珠子掉在底下的盤子裡，只要轉出金色的珠子就是中頭獎。

「試試手氣嗎～～～～？不試試手氣嗎～～～～？」

我剛走近抽獎屋，小丑就用滑稽的聲音朝我打招呼。他蹦蹦跳跳的，似乎正因為迎來客人而興奮。

抽獎規則是每個人憑著學生證可以免費抽獎一次，但也只有這一次機會而已，所以靠著財力想硬生生砸出頭獎的土豪行為，在這裡是行不通的。

不過，就算是免費抽獎，也得先看看獎品是什麼吧？

抽獎機右側的牆壁貼著獎品清單，我駐足觀看獎品介紹。

「頭獎『戀愛與謊言君』……這是一支會給出戀愛建議的青蛙魔杖，但青蛙有一半機率會撒謊，使用者只能靠自己辨別真相。如果運氣不好，就會被耍得團團轉哦。」

簡單來說，就是一隻會撒謊或說實話的青蛙，給出的戀愛建議也不知道靠不靠譜。

「試試手氣嗎～～～～？不試試手氣嗎～～～～？」

小丑依舊手舞足蹈地拉著客人。

懷著反正不中也無所謂的心思，我走上前轉動轉珠機的拉柄。

鏘噹。

隨著一粒金色珠子落在盤中，小丑立刻拿出手拉禮炮，「啪」的一聲讓彩帶飄滿我的頭頂。

「恭喜賀喜～～您中了大獎『戀愛與謊言君』!!」

以誇張的態度進行慶賀，小丑把魔杖送到我手裡。

如同介紹的那樣，這是一支頂端是卡通青蛙造型的魔杖，頂端的卡通青蛙正在睡覺，背景竟然像漫畫那樣，自己飄出「Ｚｚｚ」的睡眠狀聲詞。

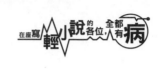

把獎品拿到手上，才漸漸有中獎的實感。

……好久沒有這麼幸運了，其實在抽獎的起初根本沒有抱持希望。這該不會就是傳說中的「無心流抽獎」吧，不抱希望反而更加容易中獎。

「咯咯咯……恭喜您中了大獎……」

就在這時，發出滑稽笑聲的小丑，朝我豎起一隻手掌加一根手指。

「……但是，因為只是試用品的關係，這支魔杖只能使用六次哦，請慎選對象進行使用。」

六次嗎……

抱持著無所謂的心態，我邁步離開抽獎屋。

「對了，為了對使用者更加友善，『戀愛與謊言君』的青蛙在說話時，只有握著魔杖的使用者可以聽見聲音。」

在離開抽獎屋時，小丑站在門口給我最後的叮嚀。

——如果想要更加友善，就別設計成有一半機率會撒謊啊!!

但知道小丑是好意，我才勉強忍住強烈的吐槽衝動。

遊樂園時間已經結束，A、C兩所高中的學生都必須到指定地點進行集合。

於是我們再次搭乘飛機，前往遙遠的彼方。

這次飛機飛行的時間遠比上一次還要長，這是可以讓人好好睡上一覺的長久飛行，我也利用機會進行睡眠。

當我醒轉後，飛機正在緩緩降低高度，而窗外的天色早已全黑，看起來已經入夜一段時間了。

「已經這麼晚了嗎？」

這是要連夜進行活動的意思嗎？

這時我也發現到，可能因為在虛擬世界有特殊設定的關係，我們雖然需要睡眠，但是體力的恢復十分快速，完全足以應付接連不斷的行程。

步下飛機後，A、C兩所高中的學生集合在空曠的飛機跑道上，由桓紫音老師領隊，帶大家分乘大型巴士，轉向下一個地點「九九九九神社」。

因為學生實在太多的關係，又在黑夜中行動，我直到搭上巴士，也沒有碰見半個怪人社的成員。

巴士裡也有許多A高中的學生，他們有些人明顯也認識我，好奇地向我看來。

坐在我旁邊的是一個A高中的女生，她綁著單馬尾，膚色微黑，臉上有淡淡的雀斑，看起來充滿活力，似乎是運動社團的女生。

「你就是柳天雲嗎？」

A高中的雀斑女孩轉頭問我。

我點點頭。

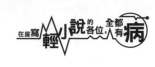

「你手上那是什麼？青蛙吉拿棒？」

「呃……這不像吉拿棒吧……」

「呀哈哈，我覺得很像呀!!」

戀愛與謊言君引起對方的好奇，我隨便找個理由蒙混過去。反正遊樂園裡也有許多造型類似的玩具，在虛擬世界裡，睡覺時會冒出「Ｚｚｚ」狀聲詞的青蛙雖然罕見，但也不是會讓人大呼小叫圍觀的奇物。

先不提這隻一直睡覺的卡通青蛙。

坐在我旁邊這個A高中的女孩子……姑且稱她為A子好了。大概是因為運動培養而出的爽朗性格，A子對我的態度相當熱情，一下子就用跟我很熟的那種語氣搭話，我最不擅長應付的就是這種類型。

而且即使在跟我說話時，她也不會冷落車裡其他朋友，偶爾與其他人進行聊天，往往也是一說話就直擊要害，讓好幾個人一起大笑起來，彷彿她就是帶來快樂的象徵。

旁觀A子的交際手段，我的內心不禁閃過「啊……這就是現充吧」的想法。

擁有輕易與他人熟絡的能力，能快速帶動周遭氣氛，察言觀色的能力也是一流，同時性格又爽朗，完全具備現充的所有能力。

甚至可以說太過現充了，這種人不管放在哪種圈子裡，大概都會屬於食物鏈的最上層吧。

「那個……小柳，聽說你寫輕小說的本領很厲害，非常厲害。」

A子擅自把對我的稱呼改成了「小柳」，但她臉上的笑容十分陽光，讓人無法升起反感。

「你一路帶著C高中從最底層殺到了第三名的位置吧？雖然是敵校的學生，但A高中的大家提起你時，也都很佩服哦。畢竟強者到哪裡都受人尊敬的。」

她握起拳頭放在胸口前，語氣變得更加認真。

「吶，小柳，雖然最後我們兩間高中……在最終一戰裡必須分出高下，但在那之前，我們兩間學校的人沒有必要互相仇視吧？大家好好相處，一起營造難忘的回憶吧!!」

「而且，小柳你跟輝夜姬公主是好朋友對吧？這點大家都知道哦。畢竟公主常常從A高中裡消失，跑來C高中玩早就不是祕密，還有很多人說，小柳就是輝夜姬公主命中註定的那個人哦!!」

A子指的是《竹取物語》裡，輝夜姬的傳說。

輝夜姬的傳說裡，最有名的就是她的徵婚事件。輝夜姬向自己的追求者開出苛刻的要求，如果追求者達成才願出嫁，但是輝夜姬的要求實在太難，從來沒有人可以完成，所以直到返回月亮為止，輝夜姬也依舊純潔如玉。

但是A高中的領導者──那個擁有與輝夜姬之名匹配的美貌少女，卻頻繁往C高中造訪，這讓A高中許多流動著八卦血液的人開始浮想聯翩。

這時，A子忽然神祕兮兮地湊近，她壓低了聲音說話。

「小柳，我不會說出去的，偷偷告訴我吧。你跟輝夜姬公主是不是在交往？」

「……沒有！」

A子的詢問讓我嚇了一跳，趕緊搖頭否認。

「欸？沒有？真的沒有嗎？」

「……真的沒有。」

把內心的失望徹底表現在臉上，A子真是個好懂的人。

不過A子很快就振作起來，重新露出會賦予他人活力的微笑。

她俏皮地閉起單眼，同時豎起自己的食指。

「那我怎麼樣？小柳要不要考慮我看看？人家現在也沒有男朋友哦。」

喂！

被剛認識不到三十分鐘的人投以直球，加上對象是A子這種少見的現充，再怎麼鎮定的人，都會內心一跳吧。

幸好A子立刻笑著搖了搖手，接著把手掌豎起做出抱歉的手勢。

「欸嘿嘿，對不起，我開玩笑的啦，小柳你不會介意吧？」

「……」

雖然沒有生氣，但長久以來身為獨行俠的我也不知道如何做出回應，最後只好沉默。

我看向窗外。

巴士此時已經行駛到城市的中央，被夜色所覆蓋的民宅、商家、行人，與店家各色招牌所交織形成，那獨屬於城市的七彩光暈，在我的眼中飛速後退。

「最終一戰嗎……」

剛剛A子也提起過最終一戰的事。

……是啊，離最終一戰，已經很近了。

與A高中的決戰終究也會到來，到了那時，我們會以什麼樣的想法，與輝夜姬進行對決呢……

輝夜姬的身體並不好，一直以來不能盡情發揮寫作能力，身為寫作愛好者的她，那痛苦肯定超乎想像。

那是只有輝夜姬本人才能理解的痛苦，但是她以自身的堅強掩飾了那痛苦，展現給大家的只有天真無邪的笑容。

所以……

我看向身旁的A子。

所以在輝夜姬的庇護下，A子這些A高中的普通學生，才能直到現在……都保有這份平凡的快樂吧。

可是，哪怕只是加入怪人社後的這段短短的幾個月，我也能看出……輝夜姬的身體越來越差了。

C高中一路從動盪的局勢中走出，與此相比，A高中一直以來都過得非常平穩。輝夜姬始終以自身的羽翼替所有人遮風擋雨，這也讓她付出健康做為代價……恐怕，輝夜姬的身體只能再支撐一次全力的寫作戰役，之後她就會倒下。

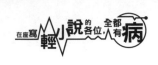

「欸？騙人，他跟輝夜姬公主不是情侶嗎？怎麼可能？」

這時，A子的朋友裡忽然有人驚呼。

「輝夜姬公主一直往C高中跑，還總是露出那麼幸福的表情，難道不是因為戀愛嗎？」

另一個人也這樣說。

……又把話題扯回戀愛上了啊，這些戀愛腦的女高中生。

無奈地嘆了一口氣，這次我並沒有參與話題的打算。

望著A子與朋友愉快地交談著，想到A子剛剛戲謔地向我提出交往要求的場景，這時我忽然想起某個東西。

……戀愛與謊言君。

既然A子都向我那樣開玩笑了，我用這個道具稍微進行測試，應該也沒關係吧？

據小丑的說明，只有握住魔杖的人可以聽見青蛙的說話聲，A子大概也不會發現這件事。

「……」

那就試試吧。

握著青蛙魔杖，我指定了A子做為對象。

「!!」

原本正在「Ｚｚｚ」睡覺的卡通青蛙，像是被鬧鐘吵醒那樣，忽然睜開眼睛。

接著它開始唱起歌來，而且是緩慢的老歌腔調。

「戀愛～～像龍捲風～～身處其中～～身不由己～～」

卡通青蛙的歌聲並不小，但其他人完全聽不見這歌聲，甚至沒有人向這青蛙瞥上一眼。

「戀情～～珍貴難尋～～過千萬年～～再次相遇～～」

只是，這卡通青蛙到底要唱到什麼時候。

就在我有點不耐煩時，歌聲終於止歇。

青蛙的眼珠轉向我，接著用很稚嫩的小孩聲音給出戀愛建議。

「呱呱，吾只有一個建議，這個女孩子的話，就算你告白一百次，也絕對會失敗一百次的喲！即使遭到對方調戲，調戲異性也只是現充的喜好，少自作多情了——!!你們的性格、愛好都差距太大，所以建議投胎重新練級，這是追求這個女孩子的唯一方法，呱呱。」

……投胎重新練級？

用很稚嫩的聲音說著很討厭的話，真是一隻欠揍的青蛙。

只是，這個謊言與戀愛君雖然必定會給出戀愛建議，但有一半機率會說出實話，另一半機率則會撒謊。

它剛剛到底是說實話，還是撒謊呢……

用不滿的眼神盯著卡通青蛙，我腦中裡馬上構思出解答。

「是實話吧……」

確實，不管怎麼看我跟A子的速配指數都是零。屬於如果在戀愛占卜節目上，主持人就會用目瞪口呆的表情大喊「零喔，速配程度居然是零喔」的那種情況。

就算見面的起初對我釋放好感，那也只是現充習慣性的行為而已。這是他們這群人，會下意識給予每個人的平均好感度；但心靈空虛的人，往往會因此認為自己遭到特別對待、是不一樣的，並就此陷入感情泥沼中。

這也是這群現充的可怕之處。

「……」

身為多年獨行俠的我，即使沒有卡通青蛙的提醒，也早已將這點看得透徹。

只是，被討人厭的青蛙說出口後，內心的滋味又不一樣就是了。

在行駛一個鐘頭後，終於巴士停下。

這裡是北籟山的山腳處，九九九九神社就建立在北籟山的山頂。在漆黑如墨的夜色中，可以看見登往山頂的小徑被燈籠所照亮，那發光小徑一路呈S形往上，最後蜿蜒抵達山峰處。

九九九九九神社所在的山頂位置，被一片柔和的光芒所籠罩，那光芒在夜晚看來太過耀眼，甚至照亮了山腳下眾人的臉。

「小柳，拜拜～～」

Ａ子要去與朋友們會合，揮手向我道別。

我用有點僵硬的動作，學著她的動作也揮揮手。

……真不習慣這麼做啊。

因為怪人社的大家太常見面，所以都沒有正式道別的習慣。有可以道別的對象，原來是這種感覺。

就在我抬頭仰望北籟山的時候，身邊許多人已經沉浸在狂熱的氣氛中。

「我要爬北籟山，然後向喜歡的人告白!!」

「還有我，我也一起去，辛苦的路途上彼此加油打氣吧！」

「也算我一個！」

許多人都是打著向意中人告白的主意，畢竟傳說爬到最高點可以實現戀愛願望，這成為他們攻頂的強大動機。

但是，想要抵達九九九九九神社，必須攀登高聳的北籟山；即使在虛擬世界中，這也是一件相當辛苦的體力活。

所以如果不想爬山的人，也提供另外的去處。

在山腳附近，有著正在盛大舉行的廟會，不想爬山的人可以去廟會那吃吃喝喝消磨時間，直到集合時間到來為止。

「……沒看到怪人社的人呢。」

夜色太濃，難以尋找熟人，我還是沒看見怪人社的社員。

接著學生們分為兩批，大概有六成的人前往北籟山攻頂，而剩下的人都前往廟會。人潮逐漸移動，過不久後，原先擠滿人的山腳再次變得空無一人。

「該去哪好呢……」

思考過後，我決定前往廟會。

木藏於林，人隱於市，人多的地方……才是隱藏存在的最佳場所。雖然沒有必要刻意降低自己的存在感，但是與其參加「爬山祈求戀愛實現」這種屬於現充們的活動，還不如回到自己熟悉的地方去，所以廟會才是最棒的。

在廟會裡，只要隨便買個食物拿在手上，混在人群裡閒逛，就能達成完美無缺的潛行。

「……能想出這種天衣無縫的計畫，不愧是我柳天雲。」

越想越有道理。於是我立刻動身，被人潮推擠著行走五分鐘後，終於順利抵達廟會。

在廟會的門口處，有一攤免費出租和服的店家，大概是為了更好地體驗活動的關係，幾乎所有人都換上了和服。

我低頭看向自己的穿著，是學校制服。

雖然跟其他穿著便服的人相比，本來就有點顯眼，但是畢竟身為學生穿著制服並不突兀……可是，現在廟會裡大家都換上和服，如果我再繼續穿著學校制服的話，不管走到哪裡，都會引來奇怪的目光吧。

猶豫過後，為了不引起太多注意，我換上一套藏青色的和服。

廟會裡雖然也有很多如撈金魚、釣水球、打彈珠、軟木栓射擊等常見的遊戲，但主要以形形色色的美食為主，賣食物的攤販大約占了七成，我買了烤魷魚邊走邊吃。

「那兩人是……輝夜姬跟飛羽？」

走著走著，我忽然遇見輝夜姬與飛羽。他們兩人就算在人群中也很顯眼。輝夜姬平常我行我素的和服穿著，在廟會裡顯得相當自然，而飛羽也終於脫下白色騎士服，改穿上淡藍色的和服。

他們站在賣蘋果糖的攤販前面，輝夜姬雙眼閃閃發亮，而飛羽則露出頭痛的表情，兩人不知道在說些什麼。

並不是故意要偷聽，但是順著人潮靠近，他們的話聲也飄入我耳裡。

「小飛羽，小飛羽，你看，是蘋果糖耶！好大的蘋果糖！」

「是的，屬下看見了。」

「那買吧？我們把全部的蘋果糖都買下來吧！」

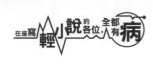

雙手握成拳頭上下搖動，輝夜姬的眼睛裡有興奮的光芒在閃爍。

「這個……公主，就算把屬下的錢也算進去，我們如果買下所有的蘋果糖，錢會不夠的，接下來幾天會陷入極度的貧窮中。」

飛羽像是不想反駁輝夜姬的想法，但又無法認同這個決定，露出左右為難的表情。

為了使學生養成擁有金錢觀的好習慣，在搭乘飛機時，學校配發給每個人一定金額的零用錢。「雖然是虛擬世界，但也不能奢侈地隨便花錢」，這是桓紫音老師的理念。

一口氣買下整家店的蘋果糖，顯然在奢侈的範圍內，所以飛羽與輝夜姬如果真的這麼做了，接下來的日子就沒有旅費花用。

當然，身為A高中的領導者，她要向A高中的學生徵用金錢應該是很簡單的事，但以輝夜姬的性格，她不可能這麼做。

我順著人潮繼續行走。

「……是你！柳天雲！」

可是，就在經過他們兩人附近時，飛羽卻以野生動物般的直覺，扭頭發現我的存在。他本來下意識要手按劍柄，但穿著和服，騎士劍也卸掉了，於是手按在空處。

飛羽立刻皺起眉頭，語氣也變得相當不滿。

「柳天雲……如果你來此是想尋找夥伴的話，在下可以告訴你情報。那些巨乳怪物都往山上走了，請別破壞在下與輝夜姬公主難得的安寧。」

「小飛羽，你太失禮了！怎麼可以這樣對柳天雲大人說話呢？快道歉！」

輝夜姬有點生氣。

「……」

而遭到斥責的飛羽，露出心不甘情不願的表情，但不想違拗輝夜姬命令的他，只好低頭道歉。

「柳天雲閣下……請原諒。」

我其實也不是很在意，點點頭就這樣帶過。

接著我問起剛剛聽到的情報。

「飛羽，你剛剛說往山上走的是哪些人？」

「……全部。你們社團裡除了輝夜姬公主之外的女孩子，都往北籟山去了。」

這樣啊。

沁芷柔、風鈴、雛雪她們都往山上去了嗎……真像女高中生的作風。如果戀愛是一種信仰，或許女高中生將是這個信仰裡最有力的信徒。

雖然那些傢伙平常可能很怪，但畢竟也是女孩子，對戀愛有憧憬是相當正常的事。

這時候，輝夜姬已經按捺不住對蘋果糖的渴望。

「先不提這個，柳天雲大人，請看看這些蘋果糖。紅色的球體上閃爍著晶亮的光

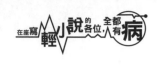

澤，猶如純淨的紅寶石般惹人憐愛，如果是您的話，也會不顧一切地把這些蘋果糖買下來吧？」

「呃……」

坦白說並不會，我對於蘋果糖並沒有特別的愛好。

但是輝夜姬這麼興奮，我也不好意思打斷她。

注視著蘋果糖的輝夜姬，口水差點流下。

「而且，那神祕而未知的滋味，也正符合蘋果糖高貴的外表。世界上大概沒有比蘋果糖更適合在竹林中吃的食物了，就連身為輝夜姬的妾身，也忍不住為之心動。」

這裡可不是竹林啊……輝夜姬公主大人。

但是，輝夜姬剛剛在形容蘋果糖的滋味時，用上「神祕而未知」這種形容，這讓我有點在意。

「……妳沒有吃過蘋果糖嗎？」

「那、那個……」

我只是隨口詢問，但輝夜姬卻忽然變得滿臉通紅，接著慢慢低下頭去。

「妾身的身體……並不好……在外面的世界……是不允許吃這種食物的……」

「……」

輝夜姬的話語，使我一愣。

……是啊，我早該想到的。

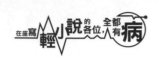

僅僅是在廟會中，憑藉自己的身體隨意漫步，這種普通至極的行為——對於輝夜姬來說，已經是受虛擬世界之恩賜，所得到的最大褒獎。

在第一次到訪C高中時，輝夜姬甚至連爬樓梯都有困難，後來還是藉由魔毯當作移動道具，才能在校園裡來去自如。

彷彿隨時會遭風吹散的花蕊，就算外表看起來再怎麼光鮮亮麗，在那搖曳的風中，依舊必須抱持身軀飛散的覺悟。

身體狀況如此差勁，這樣子的輝夜姬，在現實世界中……不能攝取蘋果糖這種高糖分高熱量的食物，也是合情合理的事。

所以，輝夜姬才會如此渴望蘋果糖吧。

雖然從理智面來看，之後的旅程裡可能會有更多好吃的食物，現在把旅費全部花在蘋果糖上，是有點任性的行為，但是……

但是……平時很少任性的輝夜姬，也僅僅是想在虛擬世界裡的這小小一隅，做出小小的任性而已。

而這小小的任性，也只是想爭取到過去所沒有過的，如殘燭般微弱的幸福。

思及此，我不禁陷入沉默中。

過了片刻，我從口袋裡掏出錢包。

「買吧，蘋果糖。」

我對著輝夜姬這麼說。

「我們三個一起出錢，這樣三個人都可以留下一些旅費來，在之後的行程裡花用吧？」

「……咦？」

輝夜姬在第一時間，驚訝地嘴巴微張，在反應過來我的意圖後，著急地搖晃雙手拒絕。

「不、不可以！柳天雲大人，妾身怎麼可以如此讓您破費呢？尤其又是面對妾身這種任性的要求，不可以的。」

輝夜姬慌亂到結巴起來，這對於一向泰然自若的她來說，是非常罕見的事。

我朝輝夜姬微笑。

「沒關係，說起來妳的生日也快到了吧？就當作提前送妳的生日禮物吧。」

「生……生日禮物？柳天雲大人，妾身的生日確實是在最近沒錯，但您怎麼記得妾身的生日呢？」

輝夜姬的臉頰微微紅了起來。

「畢竟妳也是怪人社的一員，記得生日也沒什麼。」

聽見我的答覆，輝夜姬卻忽然笑了起來。

像是想藉著笑容來取回從容，再次鞏固自身的優雅，雖然臉上依舊泛紅，但輝夜姬又取回了過去沉靜的風采。

「……妾身第一次見到您時，給出的評價果然沒錯。」

「什麼評價？」

我問。

輝夜姬如是說。

「您果然是個風月老手呢，這麼會說話。」

「妳是從哪裡得出這個結論的啊——!!」

「啊、您的反應也跟當初一模一樣呢。」

以和服的袖子掩住嘴巴，輝夜姬愉快地笑了起來。

那笑容，讓我也想起初遇時的她。純潔無瑕，以自身光輝照拂他人，雖然有時候因為太過天真，談話內容也相當露骨而大膽，但那份深入靈魂裡的純樸，卻始終維持不變。

在這一瞬間，我忽然若有所悟。

回歸原點的純樸，這不就是「本心之道」嗎？

某方面來說，輝夜姬或許也跟我走在相同的寫作道路上。

「感謝柳天雲大人您的好意。」

輝夜姬朝我深深一鞠躬。

「……那麼，妾身就卻之不恭了。」

在一番談話後，輝夜姬終於接受我的意見。於是我們三人各自拿出錢包，把蘋果糖攤位上所有的存貨一掃而空，每個人手上都拿著一串串蘋果糖，拿不下的就用紙袋裝著，頓時成為三個蘋果糖人。

負責拿最多蘋果糖的飛羽，行走時嘆了口氣。

「最後還是買下來了……這麼多該怎麼吃完啊……」

聞言，我笑著向他呶嘴。

「很快就吃完了吧？你看那邊。」

走在我與飛羽正中間的輝夜姬，兩個臉頰裡各藏著一顆蘋果糖，手裡也抓著一大把蘋果糖，還拚命把蘋果糖往嘴裡塞，那動作與神態像極貪吃的倉鼠。

但這隻倉鼠在吃東西時一直在笑，流露出真心的快樂。

大概是感受到輝夜姬的快樂，飛羽雖然又嘆了口氣，但也沒再開口抱怨。

三個蘋果糖人，就這樣在廟會裡四處閒逛，走著走著，沉默已久的飛羽忽然向我發話。

他說話時，臉孔沒有轉向我，但那帥氣的側臉，卻帶著若有所思的表情。

「……柳天雲，與初見你時相比……你有一點……與之前不一樣的地方。」

我一怔。

「哦？哪裡不一樣了？」

「……」

像是在與回憶中進行比對那樣，飛羽望了我一眼，才再次拉開視線。

他接下來出口的話語，讓我慢慢靜了下來，那是一種帶著情緒沉澱的複雜感。

「你變得……很常笑。」

第六章

柳天雲的戀愛太難

與飛羽、輝夜姬道別後，我獨自前往北籟山，打算攻頂前往「九九九九神社」，去見怪人社的其他成員。

在邁動腳步攀登山道的同時，因為山道是螺旋狀的，那彷彿無止無盡不停往轉角處延伸的雪白階梯，極為考驗攀爬者的意志力。

在爬山的同時，我想起之前臨別前，飛羽的話語。

「你變得……很常笑。」

飛羽的話語，背後蘊含的意義，對於我而言相當重要。

很常笑……我嗎？

不知不覺之間，我在外人的眼裡……看起來已經變得快樂了嗎？

從一介獨行俠，自那孤單的獨行之道走出，加入怪人社，中間經歷了太多太多事。

這份可貴的快樂，並非獨自前行所能獲得，必須由怪人社的大家一起努力，才

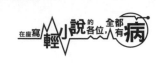

能孕育、誕生，並一點一滴使其成長茁壯。

坦白說，我承認自己是個戰鬥力破萬的怪人。受到刺激時動不動就會掩面大笑，會以水當酒、吟詩作對，為了獲得更多格調有時候還會裝出高深莫測的樣子，動不動就搬出獨行俠的我流理論，真的很少有比我更怪的人。

但是，即使我是這樣子的人，怪人社的大家依舊接受了我，包容了我，並且願意與我成為同伴。

「是啊……都是多虧了大家。」

都是多虧了大家，生活才會變得多采多姿……進而獲得這份難能可貴的快樂。

所以，我想當面與大家道謝——

——還有，我想與怪人社的大家都成為朋友。

就像之前在「轉轉電影君」的準備室，與沁芷柔正式成為朋友一樣，我想把自己的真正心意告訴怪人社的大家。並非維持晦澀難懂的模糊關係，而是直截了當地建立名為「朋友」的親密羈絆。

依舊帶著魔杖「戀愛與謊言君」的我，對著魔杖頂端在睡覺的卡通青蛙，我不禁喃喃自語。

「這樣子的我，受到大家幫助的我……應該要勇敢面對大家，你說……對嗎？」

沒有被設置回話功能的卡通青蛙，當然不會回答我。

但是，青蛙那「Ｚｚｚ」的生動睡眠文字，忽然變得更大了，讓我又笑了起來。

「我可以把這視為你的支持嗎？」

笑著，笑著，我奮力前往山頂。

據輝夜姬所說，他們在玩完廟會的遊戲後，也會跟著來爬北籟山，與我們會合。

在這個虛擬世界裡，輝夜姬的體力與常人無異，大家起跑點都是相同的。如果提前出發的我被從後面追上，那就丟臉了。有點無謂的好勝心讓我不斷加快步伐，漫長的爬山過程逐漸過去，終點已經近在眼前。

「爬過前面那個彎……就到山頂了吧？」

我已經可以看見山頂上透出來的亮光，那亮光介於淡黃色與白色之間，看起來十分柔和，令人望之舒暢。

我大步前進，終於登頂。

……巨大。

巨大、巨大、巨大!!

在登頂的那一瞬間，占滿眼簾的巍峨建築，給予的是「巨大」這個充滿衝擊性的感想。

「這就是……九九九九神社！」

九九九九神社的建築本身，上半部大到直接插入了雲裡，只有下半暴露在人們的視野裡。透過同樣高大到誇張的紅色鳥居，視線鑽入其中，可以看見神社深處、靠近前殿的地方供奉著狐神與犬神的石雕，而在神殿正中央的主神位置處，則有一尊龐大的九尾狐雕像。

就在此時，耳邊忽然傳來眾多呼喊聲。

怪人社的少女們站在紅色鳥居附近，遙遙呼喚著我。她們那出眾的容貌，就算獨自站著也很顯眼，現在穿著顏色不同的和服聚在一起，這景象跟神社一樣令人印象深刻。

桓紫音老師也在其中，甚至輝夜姬與飛羽也在。他們是怎麼比我早到山頂的，令我相當納悶。

他們紛紛向我揮手，呼喚我過去。

「學長～～這裡喲～～雛雪在這裡喲～～」

「吾之眷屬唷，受吾的召喚現世於此吧——!!抬頭看看前殿上方那東西，那可是名為『注連繩』的非現世存在——」

「前輩、前輩，請來這邊——」

「柳、柳天雲，別發呆了，快點來這邊啦!!能讓本小姐親自呼喚你，這是你的榮幸哦。」

「柳天雲大人，看來是妾身比較早到呢，不過這其實是因為……」

「喂柳天雲你這傢伙，竟敢讓輝夜姬公主等你，不可原諒！給……給我用跑的過來！」

他們所有人同時向我開口，話聲混雜在一起，讓我有點聽不清楚。但在呼喚我的意思卻是十分明白的，於是我小跑步到他們旁邊。

事後詢問我才得知，原來輝夜姬跟飛羽在廟會裡，玩軟木栓射擊遊戲，射中了一條飛行魔毯，所以他們是直接搭魔毯飛上山的，難怪比我早到。也是輝夜姬告訴大家我就在爬山的途中，所有人才會提早集合等候。

等我也到達紅色鳥居下，大家站在一起，看向神社的前殿。

神社前殿上方，繫有一條巨型稻草繩結，那繩結太大，大概要七、八個人合作才能環抱，看起來非常壯觀。

「前輩，前殿上這個繩結呢，叫做『注連繩』哦，代表神聖物品與世俗的界線。人們站在底下拿著硬幣往上扔，如果硬幣卡在稻草內不掉下來，傳說就會帶來好運。」

隨著風鈴向我解釋，我才知道巨型稻草繩結的意義。

簡單來說，就是會帶來好運的繩結。

「換雛雪來說、換雛雪來說，不可以只有風鈴獻殷勤！」

這時雛雪忽然用屁股一頂風鈴，把風鈴輕輕擠開。

「咦……才不是獻殷勤呢。」

風鈴微微蹙眉。

雛雪接著解釋了下去。

「學長學長，神社裡有賣專門用來扔『注連繩』的祈福硬幣，雛雪去買了很多過來唷。」

果然雛雪的手裡捧著白瓷盤子，裡面裝著滿滿的硬幣。

「這麼多……每個人扔一個上去就夠了吧？」

「學長在說什麼呢？好運這種東西可是不嫌多的哦。」

「好吧……」

我沒有忘記自己的目的，想要向大家坦白心聲，向大家道謝，進而正式成為朋友。

或許大家早就有了朋友之實，現在只是缺一個名分而已。

但是觀察現狀，現在似乎不適合提起這種話題，於是我把注意力暫時放在「注連繩」上。

「……在下就不用了，守護輝夜姬公主之外的事情都與我無關，」

除了飛羽雙手抱胸退開外，其他人都走到前殿下方，抬頭看著注連繩，露出躍躍欲試的表情。

首先桓紫音老師做了開頭。

發出「嘿」的一聲，老師把閃亮的硬幣旋轉著上拋，接著硬幣紮實地陷進上方的稻草裡，居然一次成功。

「如何？趕緊追隨吾吧！在吾的領導之下……將黑暗天幕籠罩大地！」

先不理會桓紫音老師的中二發言。

接著，風鈴、雛雪、沁芷柔等人也一一上前，順利把硬幣拋入注連繩的稻草裡，雖然她們都不是一次成功，但整體來說也相當順利。

最後輪到輝夜姬上場。上山後她的和服打扮有所不同，身後有天女彩帶在隨風飄揚。

「好，妾身也要加油！」

掀起和服袖子做出有幹勁的姿勢，輝夜姬拿起硬幣用力上拋。

一次……五次……二十次……三十次……

奇怪的是，輝夜姬不管怎麼拋，硬幣都無法嵌入稻草裡，始終迎來硬幣落地的結局。

「會、會不會是硬幣有問題？換一枚硬幣看看？」

在旁邊看得有點不安，風鈴提出建議。

輝夜姬點頭，在換了一枚硬幣後，繼續嘗試，但依舊怎麼扔也卡不上去。

大概在扔了五十次後，輝夜姬輕輕笑了，她將硬幣重新放回盤中。

「……無妨，大概是妾身與注連繩無緣。」

能夠帶來幸運的注連繩，輝夜姬卻始終無法把硬幣拋入，但是她面不改色，依舊以笑容示人。

「我們繼續前進吧？這神社很大，這裡只是門口而已。」

在有點尷尬的氣氛中，大家繼續前進。

下一站是占卜用的木製籤櫃，打開標有數字的木製抽屜，裡面會裝有占卜籤詩。抽到的占卜籤詩，運氣由好到壞，分別是大吉、中吉、末吉、吉、凶，以及大凶。

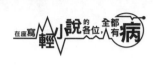

這次飛羽也依舊不抽，怪人社的大家抽完後，幾乎都是吉、末吉，甚至雛雪與沁芷柔還拿到了大吉，最後又輪到輝夜姬上前抽取。

打開十三號櫃後，輝夜姬拿出來的占卜籤詩卻是「大凶」。

籤詩上面會載有四句詩句，以直行的方式排列。由右至左，那四句分別是「親蓋萬重樓」、「佳人霧中行」、「猝遇雲中箭」、「前塵逸如煙」，而最下面的詩句註解，則只有短短兩字……「遭叛」。

這兩字，以血紅色寫就，令人怵目驚心……這詩句與那註解，都像在極力警告抽籤的主人似的，預示出某種不祥。

「……」

所有人看了輝夜姬的籤詩後，都是沉默。

在場每個人都是強大的輕小說家，語文造詣自然都在水準之上，就算註解看起來語焉不詳，單看那詩句，雖然未必能猜對，但也能有所瞭解。

「這詩句……」

我替輝夜姬感到擔心。

「親蓋萬重樓」那一句詩中所謂的萬重樓，指的只可能是輝夜姬一手建立的A高中城堡。只有城堡有那建築規模，可以對應上萬重樓的文字意境。

「佳人霧中行」，佳人自然是稱讚輝夜姬的美貌，但那霧中行……是在指輝夜姬並沒有看清現狀嗎？就像陷在迷霧中行走那樣，看出來的世界迷迷糊糊、朦朦朧朧，根本看不清真貌。

「猝遇雲中箭」，雲跟霧其實是同一種東西，這句大概是呼應上一句，意思是在雲霧中行走的輝夜姬，會從看不見、意想不到的地方被襲擊嗎？

而最後一句……「前塵逸如煙」。

這句話最好懂，也最沒有歧義，意思是：過往將不復存在，如煙般逸散而去。

「……」

輝夜姬拿著手中「大凶」的籤，走近院子裡一棵古樹，那樹上早已被其他學生綁滿籤詩。踮起腳抓住最為低垂的樹梢，輝夜姬輕輕將籤詩綁上。

在綁過籤詩後，轉過身的輝夜姬，表情依舊一如往常，帶著溫婉的微笑環視在場的眾人。

「……請別露出那種表情。雖然平常一舉一動帶有古人的習慣，但是妾身並不迷信，也不會因這種事而情緒低落。」

說話時，輝夜姬身後的天女彩帶微微飄動，那形象看起來有如仙女。

「所以，請像平常那樣笑吧，妾身喜歡笑著的大家。」

她溫柔的言語似乎帶著穩定人心的力量，原本有點不安的大家，表情慢慢變得和緩，內心也跟著放鬆。

接下來，大家一起參觀九九九神社內部。

可以實現戀愛祈願的地方，就是神殿主殿裡供奉的九尾狐神。

傳說中，只要雙掌合十在祂面前誠心參拜、祈禱戀情可以順利的話，只要那戀情裡毫無虛假成分，九尾狐神就會實現這段戀情。

「……」

祈禱嗎？

風鈴、雛雪、沁芷柔、輝夜姬都在大殿裡擺出雙手合十的動作，而我、飛羽、桓紫音老師三人則是在外面等待。

桓紫音老師對神社也有著好奇，她東張西望了一陣，最後才轉頭看向我。

「……說起來，汝手上那隻青蛙是？」

「啊、這個啊，沒什麼啦。」

我依舊隨便蒙混過去。

桓紫音老師大概也是隨便問問，她又看向在參拜中的四名少女的背影。

「對了，零點一，吾從剛剛開始就在思考某件事。」

「……什麼事？」

「這間神社號稱在戀愛方面十分靈驗對吧？」

「呃，大概吧。」

「那麼，如果有複數……兩位、三位、甚至四位的信徒都喜歡同一個對象，同時又向九尾狐神祈求姻緣，會發生什麼事？就算是神，對此也十分頭疼吧？」

「……我怎麼知道。」

我又不是九尾狐神，不要問我。

桓紫音老師忽然露出看好戲的臉笑了，接著她重重一拍我的肩膀。

「嘖嘖嘖，這不是很厲害嗎？雖然吾過去一直嫌棄汝是不成器的血徒，可是汝如果能冠上『連神靈都頭疼的男人』之稱號，就算是血脈珍稀而高貴的吾，也會因此感到欣慰吧。」

「……」

「如何？零點一，汝覺得吾的看法是否精闢？」

「……我覺得比起九尾狐神的頭疼，我的肩膀更疼。」

「啊、太用力拍了嗎？抱歉抱歉，哈哈哈哈哈～～」

妳的笑容裡可沒有半點抱歉的意思喔，老師。

我摸著被桓紫音老師拍到發疼的肩膀，只好露出苦笑。

「……」

始終雙手抱胸、靠著柱子斜站的飛羽，這時不知為何側眼看向我，用鼻子發出「哼」的一聲。

「柳天雲，識相的話，就給我遠離輝夜姬公主，從你的巨乳怪物堆裡面挑一隻去練等吧！」

喂喂，我可是什麼都沒做喔。

「……妾身怎麼了嗎？」

輝夜姬這時剛好拜完九尾狐，從神殿裡走出的她滿臉好奇。

輝夜姬本來是要問我，但桓紫音老師在此時插嘴：

「吾之盟友哦，這傢伙說汝是巨乳怪物。」

「……？」

輝夜姬看向飛羽。

「不不不不不不公主，我沒有，屬下怎麼敢呢，絕對不敢，我是指……」

短短一句話就讓飛羽急得滿頭大汗，不愧是桓紫音老師。

對了，差點忘了桓紫音老師是很護短的。非怪人社的成員如果欺負自己的社員，桓紫音老師就會立刻生氣……但是如果是她自己欺負成員的話則沒問題，真是矛盾的老師。

「……」

望向捏著飛羽耳朵的輝夜姬，不禁讓旁觀者一陣無言。

又等候片刻，風鈴、雛雪以及沁芷柔也參拜完畢，所有人再次會合。

大家討論片刻後，因為肚子有點餓了，離學校集合也還有時間，決定去吃神社外圍賣的特產——狐狸年糕湯。

「狐狸年糕湯是甜食哦，放入紅豆年糕以及蜜紅豆，再加入黑糖以及牛奶，最後以冰塊冰鎮，口感香醇甜蜜又冰涼，絕對是大推薦!!」

這是沁芷柔推薦的特產，她比手畫腳地向大家形容狐狸年糕湯有多好喝。她似乎是第一個上山的怪人社成員，因為肚子餓的關係，所以先去找東西吃，喝到狐狸年糕湯的第一口就驚為天人。

於是大家一起去吃狐狸年糕湯。

賣年糕湯的小店是一座茅屋，雖然因為店面窄小無法內用，但是店門口放著許多長條木製板凳，讓遊客可以坐在門口休息進食。這家店也有賣三色丸子，而且也很好吃。

「話說……狐狸年糕湯的『狐狸』，原來是指這個啊……」

我看著在茅屋周圍跑來跳去的狐狸。

這些狐狸體型很接近小型犬，毛色淡黃，也不知道什麼品種。有些狐狸在草地上滾來滾去磨蹭，有些則好奇地坐著看我們吃年糕湯。

「在虛擬世界裡，就算大吃大喝也不會胖哦？所以這是最好的享受機會!!」

「……原來如此，妾身受教了。」

沁芷柔向輝夜姬鼓吹在虛擬世界大吃大喝的好處。

「說到這個，闇黑乳牛，之前有一次怪人社的活動合宿，晚上舉辦ＢＢＱ，也是汝吃最多吧。」

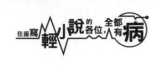

桓紫音老師忽然提起舊事。

「啊、那一次風鈴也記得哦，過程真的很愉快呢。」

風鈴也笑著。

雛雪則畫出當時的圖，豎起繪圖板給大家看。

飛羽看了圖，不屑地哼了一聲。

「喂，真是不知廉恥，你們當時居然穿著三點式泳裝來烤肉？幸好那時輝夜姬公主還沒有受你們荼毒。」

「什麼三點式泳裝烤肉？我們明明穿著正常衣服的呀……啊!!!!！妳這亂畫一通的色情悶騷Bitch!!!!!!」

沁芷柔轉頭一看，發現雛雪擅自把服裝畫成色氣的三點式泳裝，忍不住氣得大叫。

雖然有時會彼此爭執，但愉快的氣氛始終持續。

「……」

……大概，這就是朋友吧？朋友之間的爭執，朋友之間的笑鬧，還有……朋友之間獨屬的那份快樂。

我露出微笑，感受著這份快樂，同時更堅信了要正式坦白心聲，與所有人成為名義上的朋友。

但是，就在這時，我的內心深處，隱隱覺得有哪裡不對勁。

「……」

那不對勁，從桓紫音老師提起過往的合宿時開始滋生，之前的回憶開始慢慢在腦海裡湧現。

這時，忽然有一道銀白髮色的身影掠過腦海。

「弟子……──……」

彷彿遭到雜訊抑制那樣，我的眼前忽然閃過令人發暈的血紅色，將那景象覆蓋。接著我再也想不起任何事，甚至無法再進行合宿的細部回憶。

……隨之湧上的是心痛。

明明什麼也想不起來，但就是覺得心痛。

「為何……內心深處，那彷彿難以觸及的角落……會如此痛楚……」

看著一旁興致盎然地談笑的眾人，我忽然陷入茫然中。

「我明明已經交到朋友了，已經不再孤獨了，也下定決心要正式與所有人成為朋友……」

這時雛雪偷偷搔沁芷柔的癢，怕癢的沁芷柔一聲大叫，不小心滾到了草地上。望著滿臉通紅的她，大家又愉快地笑了起來。

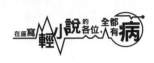

「但這痛楚卻從何而來……又為何而生……」

大概是注意到我的沉默與異樣，風鈴擔心地看向我，她將肩膀微微向我靠來。

「怎麼了嗎？前輩。」

「……沒什麼。」

我不想讓大家擔心，或許一切都只是我的錯覺。

但是，這一天，我終究沒有找到機會向大家吐露自己的心聲，與大家在名義上成為朋友的計畫暫時失敗。

「……」

集合時間也在此時到來。

大家湊成一團，熱熱鬧鬧地一起下山，與上山時的孤單相比，兩者之間有了巨大的反差。

走在人群最後面的我，沉默了一陣後，忽然看向手中的「戀愛與謊言君」。

「對了……扣掉對A子使用的那次，這東西還有五次使用機會呢。」

風鈴、雛雪、沁芷柔、輝夜姬、桓紫音老師，加起來剛好五人。

「既然是抽來的獎品，那就用看看吧……」

青蛙有一半的可能性撒謊，所以這道具的參考價值其實不高，要辨別謊言或實話，反而會讓人更累吧。

抱持著隨便一用的心態，我拿著青蛙魔杖，首先指定了風鈴。

「戀愛～～像龍捲風～～身處其中～～身不由己～～

「戀情～～珍貴難尋～～過千萬年～～再次相遇～～」

卡通青蛙再次唱起只有我能聽見的老歌。

它睜開眼睛呱了一聲，接著這麼說：

「呱呱，直接牽起手來告白就可以了，如果好感度這麼高也會失敗的話，你最好投胎重新練級，建議就這樣而已，呱呱。」

到底有多喜歡建議別人投胎重新練級啊……這青蛙。

但這傢伙到底是撒謊還是說實話啊……

接著輪到雛雪的評價。

「呱呱，直接牽起手來告白就可以了，如果好感度這麼高也會失敗的話，你最好投胎重新練級，建議就這樣而已，呱呱。」

——這不是直接抄襲上次的建議嗎！你這偷懶怠工的青蛙！

說起來這道具到底可不可靠啊，我不禁開始懷疑。

然後是沁芷柔。

「呱呱，直接牽起手來告白就可以了，如果好感度這麼高也會失敗的話，你最好投胎重新練級，建議就這樣而已，呱呱。」

壞掉了吧？絕對壞掉了吧？甚至臺詞也完全不會變化，這道具一定是我爬山時用來當拐杖導致損壞了吧？

越來越懷疑「戀愛與謊言君」的我，狐疑地將目標又轉向輝夜姬。

「呱呱，加把勁的話希望很大，如果連這都不肯努力的話，你最好投胎重新練級，建議就這樣而已，呱呱。」

最後是桓紫音老師。

「呱呱，這個女人超級喜歡你的喔。直接告白就可以成功，失敗的話你最好投胎重新練級，建議就這樣而已，呱呱。」

「……」

使用次數歸零後，「戀愛與謊言君」化為光點，從我手中直接消散。

只是，到底哪些是真話，哪些又是謊言啊……

我搞不清楚。

但卡通青蛙輕浮的態度，讓我覺得相當不可靠。又因為無法判別話語的真偽，最後我決定把它的話全部當作撒謊。

「應該改叫『謊言與謊言君』才對，這奇怪的道具。」

如此吐槽後，我快步追上在前面行走的怪人社夥伴，與大家並肩下山。

第七章 溫泉旅館營業中

接下來的畢業旅行中，大家去了很多地方。下至金字塔，上至天空之城，看遍那形形色色的異國風情，我偶爾會與怪人社的成員相遇，相遇的話就一起同行，但還是獨自行動的時間比較多。

時間很快流逝，很快就到了畢業旅行的最後一天。

最後一天的觀光景點，雖然沒有之前那麼精采刺激，但也都相當溫馨，剛好做為內心的緩衝，來預備迎接明天之後的現實生活。

上午，我們來到一片充滿鹿的寬廣草地。這草地被木製的柵欄框起，在入口處有賣鹿仙貝的小販。

因為旅費已經見底的關係，所以我沒有買鹿仙貝。聰明的鹿群似乎會分辨遊客身上有沒有食物，如果帶有仙貝就會團團圍住，不停以鹿頭觸拱遊客，直到這些人將仙貝交出為止。

許多學生顯然頂不住鹿群的熱情，往往剛買完仙貝，就在入口處將仙貝分發一空。

「懷璧其罪啊……」

我忍不住感嘆。

因為鹿群靈敏的鼻子效率十足，所以牠們不打算理會我這個沒帶鹿仙貝的窮鬼，我順利踏入草地深處，目標是中央那棵可以乘涼的大樹。

但就在我快要靠近大樹的時候，遠處忽然傳來急促的喊聲。

「學長～～學長～～快救救風鈴～～這裡超多鹿的喲～～!!」

我向聲音的來源處看去，發現風鈴穿著雛雪之前穿過的麋鹿套裝，被鹿群層層包圍，露出慌張失措的樣子。雛雪則穿著便服，坐在附近袖手旁觀，她把雙手圍成喇叭形狀朝我呼叫。

風鈴的懷中抱滿鹿仙貝，因為身上很多食物的關係，牠在鹿群眼裡簡直就是行動寶庫，所以才會這麼多鹿圍上，至少也有二、三十隻吧。

大概很少有人被這麼多鹿包圍過，尤其大隻的成鹿甚至可以到成人的腰部高度，有點害怕的風鈴趕緊把鹿仙貝朝遠處撒出，想藉此脫身。

「呀！哇！」

看到鹿仙貝遠離，嘴饞的鹿群紛紛從風鈴身旁竄過，雖然沒有撞到風鈴，但光是擦過身旁的動力就足以使她腳步不穩，風鈴輕輕坐倒在草地上。

因為風鈴的胸部很大的關係，原本麋鹿套裝的上半部就有點不合尺寸，再加上她這一跌倒，胸前的拉鍊頓時滑落，露出深深的乳溝。

這時雛雪一跳一跳地往我這靠近，開心地朝我邀功。

「怎麼樣？這是雛雪特地安排給學長的福利喲，也就是殺必死!!」

「受傷的話怎麼辦？笨蛋！」

我有點生氣，往雛雪的頭上敲了一記手刀。

抱著頭，雛雪露出委屈的表情。

「這些小鹿很溫馴的哦？雛雪也是自己先做過實驗的，好不容易說服風鈴換上麋鹿套裝，特意要給學長殺必死，居然被學長這樣責怪，雛雪很難過喔，超級難過的喔！都快要掉眼淚嗚嗚嗚地變成麋鹿跑走了!!」

別擔心，人是不會突然變成麋鹿的。

我嘆了口氣。

但是雛雪很快又露出狡獪的笑容，果然剛剛的委屈是假裝的。

「還是還是～～學長更想看雛雪的殺必死？也可以哦。」

如此開口時，雛雪像健美先生展示肌肉那樣，刻意把雙臂往內擠，讓原本就很豐滿的胸部顯得更突出。

「……」

我又在雛雪的頭上敲了一記手刀。

能讓我始終無言以對的，雛雪大概是第一個，也會是最後一個。

被雛雪欺騙換上麋鹿套裝的風鈴，紅著臉過來向我打招呼。幸好風鈴平安無事，但是或許是因為覺得穿著麋鹿套裝很害羞，所以風鈴很快就向我道別，先去換上正常衣服。

能毫無羞恥心地穿上動物套裝，大概是雛雪才能擁有的強項。

風鈴離開後，我與雛雪一起坐在大樹下休息。

有些許太陽透過葉片的空隙，點點朝地面灑落，為了躲避那些陽光，雛雪挪動位置，坐得離我更加接近。

「嗯唔、這裡有太陽……」

在重新坐下的過程中，有一瞬間雛雪的臉離我十分接近。

只不過是小小的動作，但因為對方那超乎尋常的美貌，我卻有點不自在起來。

說起來……穿著便服的雛雪，竟然會變得這麼漂亮。身著短牛仔褲加緊身上衣，雛雪露出肚臍的打扮顯得十分性感，卻又不會讓人覺得輕浮，露出比例拿捏得恰到好處。

但是忽然之間，像是察覺到我的視線那樣，雛雪向我露出微妙的笑容。

那並非平常慣於調戲時露出的笑，而更接近於識破對方心思、忽然領會某種意思的笑。

如果此時雛雪嘲笑我的話，我肯定會侷促不安吧。幸好雛雪只是輕巧地轉開視線，什麼話也沒說。

「喵哈哈，話說學長還記得喵？」

雛雪手掌縮成貓爪的樣子，在半空中伸了伸。

「……記得什麼？」

「欸？怎麼聽這語氣感覺像忘了，雛雪是指『一次絕對不生氣的權力』哦！」

「……」

怎麼可能忘記呢。

之前與雛雪打賭，如果兩個人可以使用隱身術，成功的話，我就必須贈予雛雪「一次絕對不生氣的權力」，不管她犯了什麼錯，我都必須無條件原諒她。

那事件後又過去好一陣子，沒想到雛雪忽然又提起這件事。

我告訴雛雪，自己還記得。

「還記得嗎……哼哼，沒想到學長還有基本的良心呢。」

「良心這東西我一向很多。」

「是嗎、是嗎？雛雪第二次對學長刮目相看了唷。」

「……第一次是什麼時候？」

「發現學長下面的尺寸的時候。」

「——妳這傢伙到底有多變態啊!!」

「喵哈哈哈，開玩笑的啦——玩笑——」

把貓手掌在半空中亂伸，雛雪笑得彎下了腰。

明知道這傢伙刻意在賣萌，但是因為長相真的很可愛，所以不管做什麼看起來都很自然。

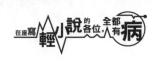

可惡，如果再清純一點，個性正常一點點再一點點再一點點，不就是正常的美少女了嗎？正統派的美少女最棒了，請支持正統派。

就在這時，換完便服的風鈴回來了。

穿著淡紫色洋裝的風鈴，頭上戴著遮陽帽，此時她沒有綁雙馬尾，長髮隨著涼風而拂動。

與我們一起躲在樹下遮蔭，像是害怕又跌倒出糗那樣，風鈴「嘿咻」的一聲，小心翼翼交叉雙腿坐下。

看到風鈴端莊的形貌與舉止，我忍不住朝她豎起大拇指。

「……很正統。」

不愧是怪人社裡最正常的社員，完全是正統美少女的代表。

「咦？謝、謝謝前輩。」

風鈴大概聽不懂我的意思，不過受到稱讚，看起來還是相當開心。

我們享受著最終一戰前夕的最後寧靜，躺在樹下看著雲朵飄動。如此。

「真和平啊……」

與此同時，我也下定決心，要讓這份和平在最終一戰後仍得以延續。

在虛擬世界中待的最後一晚，大家住在溫泉旅館裡過夜。

在晚上要洗澡時，我碰見了A子跟她的朋友們。

「啊～～啊～～明天就要回去A高中了，真不想回去吶。」

「就是說啊。」

抱怨中的A子穿著浴袍，手上拿著木桶與換洗衣物，似乎正要去泡溫泉的樣子。

「咦，小柳？」

發現我從走廊的另一端走來後，A子用很快的速度向我跑來。

她把手掌豎在嘴脣旁，做出神祕兮兮的樣子，並且把我拉到一旁說話。

「吶、吶，小柳！你也是要去泡溫泉吧？」

「……確實如此。」

畢竟我手上也拿著木桶與換洗衣物，怎麼看都是要去泡溫泉。

A子繼續說了下去。

「難得來旅行，一定都會想享受溫泉吧？但是很可惜，現在男湯那邊是禁止進入的哦。」

「禁止進入？不是自由使用的嗎？」

我一怔。

A子思考了一下。在思考時，她用手指敲著木桶，發出「咚咚咚」的聲音。

「該怎麼說才好？本來是可以自由使用的，但是女湯那邊，輝夜姬公主與C高中的那幾位剛好都在泡澡，因為男女湯間隔的牆壁雖然十分堅固，但是隔音並不是很好，可以輕易聽到隔壁的聲響……所以兩方的親衛隊聯合起來，組成A、C高中的聯合軍，阻止所有人進入男湯，直到那些大人們泡完澡為止。」

因為怕被聽到女湯的聲響，所以禁止所有男生進入男湯啊……乍聽之下有點蠻橫，不過換個角度來說，也只有輝夜姬那群少女才能引起這種程度的騷動吧，這本身就是美貌與名氣的最佳佐證。

聽說這樣的消息後，我打算打道回府，晚一點再來泡湯。

「那我回去了。」

就在我轉過身的剎那，浴袍的衣角卻忽然被人抓住。

「……小柳，等一下！」

「？」

我半回過頭，看向A子。

只見A子雙手合十，露出燦爛的笑容。

「但是呢，如果是小柳的話，我們可以特別通融哦？」

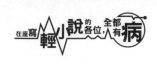

我不安地跟在A子身後，往男湯的方向慢慢走去。

「……這樣不太好吧？」

雖然我一再重申不妥的想法，但A子還是堅持自己的看法。

「小柳你為C高中付出了很多很多吧？比別人都更加努力，比別人都更加辛勤，我們有什麼樣的理由阻止努力的人去泡湯呢？就像如果輝夜姬公主被阻攔在浴池外，第一個生氣的就是我哦！」

A子笑著向我解釋。

雖然理由說得頭頭是道，但還是覺得這樣的行動相當不妙。

因為，現在男湯周圍有A、C兩校的聯合軍，布下重兵把守吧？要偷偷摸摸混入男湯，基本上是不可能的事。

「唷！辛苦了！」

在經過一條由A高中的精兵所把守的走廊時，A子隨意向他們抬手打了招呼。

A高中精兵們點頭。

接著A子遞給他們一袋從自動販賣機買來的運動飲料，對方接過，並表達感謝之意。

一來一往，雙方進行的短暫寒暄既順暢又自然，接著A子帶著我繼續往前走。

「等等，A子，妳身後跟著的那傢伙是男生吧？前面就是男湯了，他該不會打著想去泡澡的主意……？」

精兵們的警覺性果然很高，還沒通過走廊的一半，終於引起意料之中的盤問。

「啊，這傢伙不是C高中的柳天雲嗎？」

很快有人認出我的長相。

精兵們本來正要派人趕我回去，A子卻忽然攔在我與精兵的中間。

「等一下，這位大人跟輝夜姬公主可是很有淵源的哦！」

「淵源……？」

精兵們面面相覷，你看看我，我看看你，卻想不出我跟輝夜姬能有什麼淵源。

A子豎起食指，擺出故事先生的姿態，開始說起故事。

「因為輝夜姬公主常常造訪C高中的關係，小柳又很有名，之前我曾經好奇地詢問輝夜姬公主：『公主，請問您與柳天雲是什麼關係呢？』，當時公主回答：『火鼠裘、玉樹枝、龍首之玉、佛缽之石。』。」

A子停頓了一下，環視觀眾們的反應，確認所有人都在仔細傾聽，這才滿意地繼續開口。

「……後來呢，我去查詢《竹取物語》，發現那些東西都是《竹取物語》中的輝夜姬，要求追求者們取來的傳說級寶物，做為迎娶她的條件。」

「也就是說，輝夜姬公主既然在說到小柳時，提起這四樣寶物，也就可以視為輝夜姬公主把小柳視為追求者吧？既然是追求者，那與輝夜姬公主當然有十足的淵源了。」

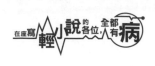

A高中精兵們緊緊皺著眉頭，似乎有點不信，但由風雲人物A子說出的話，他們又不想反駁，於是沉默了下來。

這時一個看起來像是精兵頭領的人物開口了。

「……算了，就放他過去吧。」

「頭、頭領！這怎麼可以，再過去就要靠近男湯了，就算這傢伙與輝夜姬公主真的有淵源，那也……」

「……」

精兵頭領用力一揮手，打斷自己手下的話。

「你們忘記了嗎？前面C高中也設下了重兵，而且C高中那些大人物也都在泡澡……到了男湯門口，柳天雲是不可能繼續前進的……」

最後，他看向放在腳邊的那一袋運動飲料。

「……再說，我們也接受了饋贈，身為輝夜姬公主的子民，必須懂得感恩圖報。此乃……大義之所在!!」

精兵頭領這一開口，他身邊那些普通精兵露出茅塞頓開的表情，紛紛舉起右手，追隨頭領發出激動的大喊聲。

「「「「「「「──大義!!」」」」」」」

眾人的高喊聲，讓整座溫泉旅館都在微微震動。

「……」

受那奇妙的景象所震懾，直到通過整條走廊為止，我腦海中依舊徘徊著眾人高舉右手，高喊大義的場景。

說起來，飛羽很怪，輝夜姬也很怪，我目前比較熟識的這兩個A高中學生都是怪人……該不會……

我將心中的震撼，化為言語向A子傾訴。

「那個……你們A高中裡，該不會有很多怪人吧？」

「啊哈哈，怎麼可能，小柳你說話總是這麼誇張。」

A子笑著朝我搧了搧手，露出「怎麼可能」的表情。

然後她又補了一句：

「怪人嘛……唔，最多也就C高中的一半數量而已。」

聞言，我大吃一驚。

「這麼多!?你們那裡是怪人甲子園嗎？」

A子也被我嚇了一跳。

「我……我開玩笑的啦!!一半數量就可以變成甲子園那種最高殿堂，C高中到底是有多少怪人啊？」

C高中到底有多少怪人？

我很難向A子解釋這點，因為身處怪人社，我見識過的怪人實在太多。被滿滿怪人包圍的感覺，即使身為輕小說家，一時也感到言辭難以為繼。

此時，我靈機一動。

「不如我們來聊聊C高中的正常人？這樣範圍就小多了。」

「……」

不知為何，A子對我投以同情的眼神。

接著我們接近C高中設下的防線。

這裡是進入男湯前最後的要衝之地，C高中在此設下難以想像的重兵防禦。裡三層，外三層，結成重重人牆的C高中精兵令人感到一股肅殺的氣息，彷彿真的身處戰場。

看到C高中精兵們誇張的布陣方式，我眼睛慢慢瞪大。

「喂喂，情況很不對勁耶？果然我們還是回去吧？」

「小柳，放心吧，沒事的沒事的。」

「這場景哪裡像沒事的樣子啊，這麼多人看守，我從來沒有看過比這裡更像長坂坡之戰（註1）的地方！」

「啊、小柳你也看過《三國演義》嗎？人家也很喜歡那一段哦，趙雲就是因為秉持永不放棄的精神，才能締造奇蹟吧。小柳你一定也可以的。」

受到這種莫名其妙的信任，我簡直是欲哭無淚。

「呃……那個……妳看我像是當趙雲的料嗎？」

A子回過頭，認真打量我一眼。

「挺像的，加油吧，趙雲君。」

「請讓我放棄，拜託了！我想當阿斗啊!!!!!!」

A子噗哧一聲笑了出來。

伸手做出安撫的動作，她替我進行信心喊話。

「放心吧，小柳，肯定沒問題的……相信我吧。」

明明有重兵把守，A子的話聲裡卻充滿了自信。

……居然嗎？在這種群敵環伺的局面下……還能有此自信？

註1　在《三國演義》裡，長坂坡是三國時代、蜀國名將趙雲立下赫赫聲名的地方。為了拯救主公之子阿斗，在敵軍的重重包圍下，趙雲殺了個七進七出，斬敵無數，甚至還殺死了許多曹軍名將，趙雲之勇可謂傳奇。

難道她真的有什麼妙計？

心中盤算著如果情況不對就馬上逃跑的主意，我跟隨著A子慢慢前進，走到了C高中精兵第一波的防守陣型前。

一個小兵首先發現我。

「啊，是柳天雲大人。」

負責帶領這一波精兵的頭領也站了出來：

「柳天雲大人，男湯這裡現在禁止通行，就算是您也不能例外。等到可以使用時，我們會再派人去請您過來。」

精兵頭領轉頭看向另一名小兵，再次下達吩咐。

「那個誰，快去販賣機買一罐飲料來孝敬柳天雲大人。」

小兵在旅館的木質地板上踩出「咚咚咚」的聲音，很快跑遠了。

……好客氣。

受到意料之外的尊敬，我不禁一怔。

這時我才忽然記起，我已經不是以前那個默默無名……誰都能任意嘲笑的獨行俠了。我已經變得很有名氣，身為C高中的最強選手，甚至有許多低年級學生崇拜我，稱我為「大英雄」。

沉默片刻，我朝他們點點頭。

接過小兵贈予的飲料之後，我與A子再次出發。A子這次帶著我一路繞道而行，離男湯越來越遠，轉入另一側沒人的走廊。

「……」

我忍不住鬆了一口氣。會走這條路，代表A子已經放棄了吧？

最後A子停下腳步。

我抬起頭。

然後看見眼前有一個神祕的出入口，那入口處掛著一面寫著「女湯」兩字的黑色布簾。

「……到了哦，小柳。這裡沒人把守，之前向你保證過沒問題，我沒騙人對吧？」

A子露出似笑非笑的表情。

而我則用無法置信的表情望向她。

確實，A子從來沒有說過「要帶我偷偷溜進男湯」這種話。她只說了輝夜姬她們正在泡湯，而且為了避免遭到偷聽，男湯被親衛隊把守，任何人都難以進入而已。

而無人看守的女湯，任何人要進入，當然都是輕而易舉的事。

「來，快進去吧，小柳。」

A子一拍我的背脊。

以不可思議的語氣，我忍不住提醒她顯而易見的事實。

「……這裡是女湯，男生是不能進去的。」

A子聞言，反倒一愣。

「為什麼？」

「因為會看到女孩子的裸體啊!!這不是理所當然的嗎!!!!!!」

越說越是愕然，我忍不住大叫出聲。

這傢伙難道嚴重缺乏常識？是所謂的「非常識人」？

就連雛雪都懂一丁點常識，哪怕是在怪人滿地的怪人社裡，我也沒見過能理直氣壯地道出這種荒謬提問的人。

但是。

但是，聽見我的答覆後，A子的表情甚至比我還要驚訝，比我還要錯愕。

「小柳，你跟輝夜姬公主……還有其他女生，不是屬於同一個社團的嗎？」

「當然是!!但是這跟那沒關係吧？」

「……？」

像是百思不得其解那樣，A子托住自己的下巴，眼神上飄，十分認真地進行思考。

「……但是，我在網球社裡進行社團活動，都是與學長們一起換衣服。就算是進行網球合宿，大家也都是一起洗澡，甚至還會彼此搓背，如果面對可以交付背後的夥伴，我不覺得赤身裸體有什麼不對，那可是加深羈絆的必要行為。」

「喂！那到底是什麼樣的淫亂社團啊！A高中也太可怕了吧！」

總之，我依舊堅決拒絕進入女湯，這是良心必須恪遵的道德底線。

盯～～

以帶著重新評估的銳利目光，我盯著A子看。

第一次見面時被假象蒙蔽了，這傢伙雖然乍看之下是個正常的現充，但骨子裡完全是個怪人呀。怪人戰鬥力至少也有八千……甚至接近九千也說不定……

但就在這時，A子忽然大叫起來。

「哇啊——!!快來人啊——!!」

不愧是運動系的肺活量，那聲音幾乎傳遍了附近每一條走廊，在男湯把守的精兵們紛紛警覺，有大批人馬正在快速趕來此地。

接著A子向我露出惡魔般的微笑。

「快點躲入女湯跟夥伴們加深羈絆吧，不然我大概會誣陷小柳你哦？說你意圖闖入女湯，這樣你就完蛋了。」

我狠狠瞪著A子，被迫踏進女湯的同時，我也在心裡給予對方新的看法——

——收回前言，妳毫無疑問是戰鬥力破萬的怪人啊!!!!

還來不及細想，A子就一路推著我進入女湯。先穿過更衣室與淋浴間，接著踏入了霧氣氤氳的大溫泉浴池裡。

「……——!!」

大量的肉色映入眼中。

像是包場泡湯那樣，怪人社的所有女孩子們正在一起泡露天溫泉。

風鈴、雛雪、輝夜姬以及沁芷柔她們都在，幸好並不是赤身裸體，身上都還圍著白色浴巾泡湯。

不過，被溫泉水溼透的浴巾，緊密地貼合在少女們的身上。

雖然現在是夜晚，加上霧氣遮蔽了視線，但依舊能隱約看見少女們玲瓏的身體曲線。

「嘿嘿嘿……嘻嘻嘻……雛雪已經不能忍耐了哦？」

此時，坐在溫泉邊緣的沁芷柔，背後忽然有黑影接近。

從後面偷偷接近的雛雪，一口氣搶走了沁芷柔遮擋身體的浴巾。

肉肉肉肉肉。

肉肉肉肉肉肉肉肉肉肉肉肉肉肉肉肉肉肉肉肉肉肉肉肉肉肉肉。

更加大量的肉色映入眼中。

「妳……」

滿臉通紅露出震驚的表情，變得赤身裸體的沁芷柔，原本正要回身去搶奪雛雪手中的浴巾──

──但是，沁芷柔正在轉頭的倉促視線，卻忽然掃過了站在門口的我與A子兩人。

「你……」

金髮碧眼的少女，陷入極端的呆滯中。她與之前做出一模一樣的指稱，但這次目標換了人。

很快，她將雙手抱在豐滿的胸前遮擋，臉色也比之前還要紅上好幾百倍，並深深吸了一口氣，做出拚命尖叫前的準備。

「哇啊呀——!!」

那尖叫聲，徹底宣告我在畢業旅行裡的死刑。

在外面大批由女生組成的親衛隊趕來前，腦海忽然閃過《三國演義》裡的趙雲被敵人包圍的場景。

在這一刻，我忽然很希望自己真的是趙雲。

第八章

FATE／AGAIN

幸好虛擬世界裡的人物是不死的，而且就算鼻青臉腫也不會帶著傷勢回到現實世界，我認為這真的是很棒的設計。

在一陣兵荒馬亂之後，畢業旅行終於結束。

雖然因為溫泉事件，除了雛雪之外的其他怪人社成員，接下來好幾天都不想跟我說話，但在我誠懇的道歉之下，大家終於還是恢復正常交流。

睽違已久的社團活動也重新開始，就在第一天上課時，桓紫音老師鄭重朝我們宣布消息。

「……想必汝等也知曉。」

桓紫音老師坐在講臺上，翹起穿著黑絲襪的腿。

「只剩下一個多月的時間，最終一戰就會到來，吾等所剩的時間已經不多了……所以從現在開始要全力備戰，不允許落後，不允許恍神，更不允許……在之後的決戰中敗北!!」

「……瞭解了嗎？諸位血之民。」

怪人社的大家先是靜默一下，接著齊聲回答瞭解。只是，這宏亮的回答裡，獨缺輝夜姬的聲音。

怪人社裡，唯獨輝夜姬缺席。

身為A高中的領導者，接下來的日子裡，不管是為了練習寫作，又或是想要調養身體，她都不會再出現在C高中。

……風雨欲來。

就算神經再怎麼大條的人，此時也預見了風雨欲來之勢。

「下次再與輝夜姬相見，就是決戰之時。」

雖然很久以前就明白這點，但事到臨頭，內心依舊相當沉重。

而且……我的心裡，對輝夜姬有著一份遺憾。

在畢業旅行時，我沒有找到機會，向輝夜姬表明希望與她成為朋友。就算雙方早就已經是朋友了，但如果能夠確立名義，對於一直關心我的輝夜姬來說，也能明白我已經走出了獨行俠的束縛，對此想必她也會感到欣慰吧。

無法宣之於口的這份遺憾，隨著輝夜姬不再前來C高中，也就失去解釋的可能。

「……那就更加努力吧，為了填補這份心中的空虛。」

接下來的日子裡，怪人社的成員裡展開了瘋狂的修煉。除了睡覺、吃飯等日常基本需求外，大家把所有的時間都花在了修煉上。

像缺水的海綿一樣渴求知識，恨不得立刻把所有的寫作技巧都融會貫通。雖然剩下的時間並不多，但怪人社成員的實力依舊穩步提升著。

桓紫音老師也暫停了處理校務，專心教導我們。

在畢業旅行結束後的第七天，這天我們一直學習到晚上十點，月亮早已高懸半空，直到此時我們才終於下課，有睡覺休息的機會。

大家揉著疲倦的雙眼，紛紛走出教室，而我則暫時留下，收拾今天使用的教學器材。

「好占位置……這些東西。」

左顧右盼，這間教室的後方早已被亂七八糟、各種用途的教學用機器塞滿。如果要空出正中央當作學習區域，手頭的這些教學器材就必須另外找地方放才行。另外找地方放的話，其他大樓有空教室可以當作倉庫使用。

但是，今天我已經十分疲倦，提不起精力，只好動動腦筋，想想看有沒有別的辦法。

「有了……教室的天花板上，如果把隔板推開，那裡也有一點空間吧？把比較輕的東西放在上面，以後要取用也方便。」

這個主意不錯，我立刻實行。拿來梯子之後，我爬上去，先推開了天花板上的隔板，上面原本是用來布置電線的空間，但現在被我加以利用。

我一一把體積較小的東西放到天花板上，但是搬到一半時，手背忽然碰到一個冰涼的物體，那觸感像是鐵製的盒子。

「？」

將那東西取出一看，果然是一個鐵盒子。

「什麼嘛，之前就已經有人想到類似的主意了嗎？在天花板上堆東西果然挺方便的。」

不過，這鐵盒子裡面裝了什麼呢？

教學器材很快搬完，我爬下梯子，坐在地上揭開了鐵盒的蓋子。

「……」

鐵盒裡面的東西並不多，看起來像是某種散亂的零件。仔細觀察的話，可以看出所有的零件加總起來，會組出一件完整的飾品。

我撿起這飾品主要的部分，拿在手中細看。

這是一個紅紋的狐面，雖然鐵盒裡還有其他的小面具，不過這鮮明的花紋，明顯就是位於主體的主角。

如果將其他部位也拼接起來，大概會變成一串狐面墜飾。

數個小面具以紅色細線穿成一串，紅線末端以絲線結成一綹飄盪的紅穗，位於最上的面具是紅紋狐面。

研究過後，我大概知道這飾品的組合方法了。

我正要順手把飾品組起，但是……

「——!!」

在動念想組合的瞬間，我的眼前突然被一片血紅覆蓋，彷彿陷入了無法清醒的幻覺當中。

「弟子……一……」

「我只是想看看……你過得……好不好……」

「樹先生……花……開……」

一道模糊的少女聲音，不斷在我腦海裡響起。那聲音好熟悉……好熟悉。不知為何，在聽見那聲音的瞬間，我幾乎就要落淚。

那聲音並不是對著我而發，更像是被困住的某種思念。在孤獨到極致時，為了溫暖自身，下意識重複過去僅有的懷念而已。

這聲音……彷彿就要勾起記憶角落最深處的某道回憶，但是又被血紅色的血霧所遮擋，讓我始終想不起來，這聲音的主人究竟是誰……甚至連這聲音在說什麼都無法記憶，聽一個字忘一個字，根本無法進行思考。

彷彿有某種強烈無比的執念，依附於這個飾品上，與我記憶深處某塊區域產生了共鳴，這才導致幻覺的產生。但是這幻覺又被血紅色的奇特血霧所干擾，兩者產生了強烈的矛盾，導致我陷入無法清醒的幻覺中。

在那幻覺中，我始終聽不清少女究竟在說些什麼。

但是，我能感受到聲音內蘊含著強烈的悲傷。

這時狐面墜飾上，忽然有粉櫻色的光點開始消散。

彷彿付出了某種巨大的代價，那少女的聲音變得更加虛弱，但她的聲音，雖然依舊模糊，卻開始能聽清些許。

「不要……組起……墜飾……」

「……否則你將會……墮入深淵……你將會……再次變回……那個一無所有的你……」

「切勿……回首……過去……你已經變得很快樂……很快樂……這樣……就足夠了……」

神祕少女似乎還想再說些什麼，但這時詭異的紅色血霧忽然大盛，徹底將少女的聲音湮滅。

「……」

神祕少女的聲音消失了。

那紅色血霧也消失了。

四周重回平靜的此刻，我坐倒在地，怔怔地發愣。

不知不覺之間，我已經淚流滿面。

「為什麼……」

畢業旅行時，與怪人社眾人共處時的快樂場景，如影像般一幕幕重現眼前。

也想起了飛羽對我說的那句話：**「你變得……很常笑。」**

「為什麼……聽見那聲音後……我會如此痛苦……我明明已經變得快樂，交到了朋友，憑藉寫作能力獲得大家的尊敬，不再孤獨……」

與大家相處時的笑容，絕非虛假。

那些歡笑的回憶，也貨真價實。

但是……在聽見了剛剛那神祕少女的聲音後，所有的歡笑……與所有的快樂，卻霍地變成了錐心刺骨的尖刀，一刀刀屠戮在我的胸口，使心臟不斷刺痛。

因為，那個神祕少女所擁有的，是與我的快樂等量的悲傷。

因為，那個神祕少女所流下的，是與我的歡笑等量的眼淚。

「這個神祕少女……我一定認識……而且還很熟悉……」

否則，聽見她的聲音時，內心深處不會引起如此悸動。

但是，為何……我甚至連她的長相都無法在內心描繪出來。明明如此熟悉，卻又如此陌生……

……疑問。

無數的疑問在腦海裡不斷衝出、衝出——最後組合成巨大的謎題漩渦，將我捲入其中，思想不得自由。

在過去，類似的事情也發生過很多次。

……我作過很多想不起來內容的怪夢。

……曾經在很多時候，眼前也閃過紅光，像是失去了某些記憶那樣，曾看見某些幻象卻又忘記。

「這一切的源頭……是因為妳嗎？

「是因為妳對我來說有無法忘懷的重要性，記憶的殘片依舊留存……在提醒著我不能真正忘懷嗎？」

這時，我也想起之前與Y高中進行友誼賽時，我與怪物君進行的交談。

那時我問怪物君：

「那個……在你那些殘存的夢境裡……或是忽然閃過的奇怪記憶中……有沒有……出現一個銀色頭髮的女性？大概是女性，因為她頭髮應該很長。是高中生的機率也很大，因為那個人身後模模糊糊的背景……看起來很像C高中。

「等一等……那個人的頭髮……也有可能是粉櫻色的，粉櫻髮色的女高中生……」

當時怪物君這樣回答我：

「好像有……又好像沒有。一去想這件事，我就開始劇烈頭痛，根本無法清晰回

憶。」

跟我相當類似的情況，一旦想到關鍵之處，不是劇烈頭痛，就是記憶被紅光遮斷、根本無法仔細回想。

也就是說，不光是我……包含怪物君……包含其他人在內，所有人……都被某種存在、某種事物蒙蔽了記憶嗎？

「晶星人……女皇……」

此時，忽然我想起晶星人女皇的惡趣味，想起她嗜虐的個性，以及晶星人那幾乎無所不能的科技力。如果有人有能力、也有興致去幹這種玩弄人類的壞事，毫無疑問，就是晶星人女皇。

憑著一己好惡，獨裁獨斷地舉辦了這場六校之間的生死廝殺，晶星人女皇的惡，早已深植人心。

「銀髮或粉櫻髮色的女高中生，究竟是誰……」

「她對於我來說，又是什麼樣的存在……」

「我能感受到……她過得很痛苦。怪人社裡其他人明明都在歡騰笑鬧，卻只有她在暗地裡……默默哭泣。」

想知道。

我想知道答案。

但是，那神祕少女的聲音，卻鄭重告誡我不能重組狐面墜飾，否則我將會墮入深淵，再次變回那個一無所有的自己。

「一無所有……我嗎？」

曾經那個臉上毫無笑容，身邊缺乏夥伴，實力不受認可……也沒有容身之處的我嗎？

反觀現在，我已經擁有全部，幸福幾乎要滿溢而出。

「切勿……回首……過去……你已經變得很快樂……很快樂……這樣……就足夠了……」

將鐵盒抱在懷裡，靜靜回憶著神祕少女的話。

望著散落的墜飾零件，我陷入長久的沉默中。

那一晚，我終究沒有把狐面墜飾組合起來。

雖然猶豫，縱使掙扎，但神祕少女的告誡，明顯是為了我著想。

那是不帶一絲雜質，純淨無比的善意。

也正是這善意讓我內心的痛苦不斷加深、加深……最後幾乎難以承受，一次次險些落淚。

「為何要對我這麼溫柔，我能感受到……妳很痛苦……很痛苦……」

過頭的溫柔，只會傷及自身。

但是哪怕將自己弄得遍體鱗傷，那神祕少女的話聲中也不帶有一絲悔意，彷彿從來沒有後悔過自己的決定。

隔天，在怪人社裡。

帶著笑的雛雪，拿著繪有眾人圖像的畫接近我，開心地朝我炫耀自己的畫技。

她頭上帶著一個被手刀敲出的腫包，肇因於第一次畫的時候大家都是裸體狀態，慘遭桓紫音老師使用「闇黑天幕懲戒」攻擊，她才嘟嘴重新畫過。

「學長～～學長～～你看，雛雪畫了怪人社的大家哦！這次畫上的大家都有好好穿衣服！厲害吧？很想稱讚雛雪對吧？很想獎勵雛雪對吧？學長學長，那就……」

雛雪的畫上，輝夜姬也在，有著Q版的怪人社所有成員，大家臉上都帶著幸福洋溢的笑，即使是我也不例外。

明明乍看之下是如此幸福美滿，但我卻覺得那畫中……像是少了什麼似的，帶給我胸中一陣空蕩蕩的感受。

「怪人社……只有這些人嗎？」

沒有經過任何思考，幾乎是下意識地開口詢問。

面對我的提問，雛雪揚起眉毛，她轉過畫確認了一下，朝我用力點頭。

「……」

明明得到了預料中的答案，但我還是忍不住轉頭詢問沁芷柔。

「怪人社……只有這些人嗎？」

沁芷柔也點頭。

直到將怪人社的所有人都詢問過一遍，大家也都報以相同的答案時，我的內心卻漸漸滋生某種不協調感。

我看向教室裡某個角落，那裡有始終空著的一副桌椅——沒人使用，卻一直沒有人撤掉。

就像是早已習慣那桌椅的必需性，明明占據了所剩不多的空間，大家卻也莫名地無視著這點。

甚至連雛雪的畫上，也有那桌椅的存在。

我怔怔地發問。

「那桌椅……曾經有人使用過嗎？」

「沒有。零點一，汝是不是太累了？休息是為了走更長遠的路，吾允許汝短暫休憩。」

桓紫音老師替我做出解答。

「是嗎……沒有嗎……」

得知答案的我，頹然地趴在桌上。

這一切，是明明早已知曉的答案……

……然而，在真正確認過後，不知為何，內心卻被強烈的寂寞所覆蓋。

在令人快要喘不過氣的寫作修煉中，時日慢慢流逝。

距離最終一戰前，還有最後一次進行六校「月模擬戰」的機會。在過去，這是決定六校之間排名的關鍵大賽，因為排名決定了物資發放與晶星人的教學機器多寡……只是臨近最後一戰的此刻，並不會直接分出生死的月模擬戰，似乎相形之下顯得不再重要。

上課時，桓紫音向大家說明接下來的行動方針。

「而且，C高中目前排名第三，根據『月模擬戰』向上挑戰一名的規則，吾等也只能挑戰輝夜姬身處的A高中而已……」

說到這裡，桓紫音老師停頓片刻，觀察我們的反應後，她才繼續說了下去。

「吾覺得養精蓄銳是一個不錯的方法……下一次的月模擬戰，吾等不如直接放棄出戰吧，汝等能接受嗎？」

其實月模擬戰也是難得的練習機會，如魔鬼般逼迫大家練習的桓紫音老師，卻直接建議我們放棄。

然而，這並不是桓紫音老師的心態有所消極，而是考慮到輝夜姬的狀態。

初見時，就連三樓都無法憑藉自身的體力爬上，此刻的輝夜姬已經虛弱到了極點。

這段日子以來，身體狀態不斷下滑的輝夜姬，需要一段完整的時間進行休息，儲備力量進行最終一戰。如果C高中在此時發起模擬戰的挑戰，就算只是稍微驚動到輝夜姬，她的身體也可能會變得更加差勁。

面對曾經的盟友，怪人社的成員之一，就算是像鬼一樣嚴厲的桓紫音老師，也會心生不忍。

即使她本人不願意承認這份不忍，但她將選擇的權利交予我們，這違反常態的行為，已經確切說明桓紫音老師的動搖。

於是，怪人社的大夥毫不猶豫地通過了「不出戰」的選擇。

接下來，繼續開始上課。

「鏘☆啷♥～～～～雛雪今天穿了蕾絲內衣哦，想看嗎？學長想看嗎？」

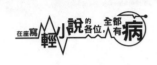

「——妳這貧乳悶騷 Bitch，別拿妳那扁平的胸部出來做為炫耀的資本，本小姐看了覺得很不順眼!!」

「……兩個笨蛋都給吾閉嘴!!再在吾面前提起胸部的事，吾就痛宰汝等——!!」

用很可怕的表情，桓紫音老師阻止了雛雪與沁芷柔的爭執。不過，我覺得她也差點成為加入吵架的第三方。

無視身周的吵雜，我安靜地繼續動筆寫作。

但在那內心的寂靜中，我卻忍不住想起神祕的鐵盒……以及其中的狐面墜飾來。

發現狐面墜飾的第七天晚上，鐵盒放在我房間的桌上。

「我……終究還是無法坐視不理……」

那個神祕少女的話聲再次於心頭響起。那話聲使內心的想法逐漸沉澱，最終令我下定決心。

「因為妳可能曾經是怪人社的一員，可能曾經是我的朋友，可能……曾經也跟我們露出相同的笑容。

「那太多太多的可能形成的羈絆，即使因外力而變得隱晦，卻始終未曾磨滅。」

我輕輕用手掌心摩擦著紅紋狐面。

「也是因為這樣，我才能不斷聽見妳快要消散的吶喊，才能不斷感受到……妳寄託於狐面墜飾上的思念吧……」

那思念，太過強烈。

強烈到足以突破任何封鎖，傳達到那祈求著幸福的彼端。

但是，之所以祈求，是因為幸福正處於未完成式。

未完成的執念，促化了對於幸福的渴望、嚮往、渴求、憧憬……最後一切都轉化為呼之欲出的悲傷意念。

然而。

然而，或許聲音的主人也不瞭解，她之所以悲傷，之所以會發出痛苦的喊聲，是因為她渴望遭到拯救。哪怕本人不願意承認，但她骨子裡依舊追求著……那看似遙遠的幸福。

我不能袖手旁觀。

因為……

「因為……怪人社裡的所有人，加總在一起，才能形成一幅完整的畫。

「雛雪的畫尚未完整，怪人社的成員也尚未到齊……身為怪人社的社長，我不允許……任何人掉隊。

「身為妳的夥伴……我也不允許……妳獨自痛苦!!

「如果渴望幸福的話，那就共同幸福起來好了——儘管幸福到雙眼冒出星星，像笨蛋一樣露出傻笑!!」

彷彿下定決心般的自言自語，在孤寂的房間裡迴響。

接著，我拿起狐面墜飾的小面具。

「……所以，我會重組這狐面墜飾，去看看妳的悲傷因何而起，從何而生……」

我以緩慢卻穩定的速度，一個一個將飾品用紅色細線串起。

——!!

可是，才剛開始動作不久後，就在串起第二個小面具的瞬間，這個動作彷彿也串起了某些塵封的回憶，如急速倒帶般的記憶畫面即將閃現眼前。

就在那那記憶畫面快要出現時，一直以來困擾我的詭異紅光再次出現。那紅光一如往常刺眼，但狐面墜飾上那無比強烈的思念，卻像一把銳利的劍，刺穿了打算重新封印回憶的詭異紅光。

遭到刺穿的詭異紅光，發出鏡子破碎般的聲音，最終徹底潰散，再也不復存在。

也就在此時，我內心中的眼睛終於能窺探自己的過往，清晰看見自己的某些回憶。

如電影般的重播畫面出現在眼前……那是鮮明浮出的記憶。

然後，我看見了——

記憶中的畫面，那個世界裡……C高中校園的所有領土，被詭異的紅光所籠罩。

那紅光可以穿透所有，即使躲在建築物裡也無法倖免。一旦遭到照射，人類就會化為光點逐漸消散，死於無形之間。

C高中的學生們一一逝去，我在其中看到許多熟悉的面孔，甚至包含桓紫音老師在內。

而記憶中的我……

那個我，獨自坐在怪人社的桌上，靜靜眺望外面的大海。看起來表情非常寂寞，嘴角帶著一絲解脫的笑。

「柳天雲。

「柳天雲……

「柳天雲——!!

一個粉櫻髮色的少女倒在地，她發出撕心裂肺的喊聲，不斷哭喊著我的名字。

「我還沒……對你坦承……我就是晨曦……

「我一直都對你很凶，但我……其實沒有那麼討厭你，我只是想要你先對我認錯……先向我說一聲『當年的事，對不起了』……

「然後我們再一起比賽、一起競爭……甚至一起邊鬥嘴邊討論怎麼樣去進步……

「就這樣而已……這樣而已……人家想要的就只有這樣……」

傷心過度的少女，言語組織能力十分紊亂。

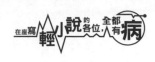

在她幾乎要崩潰的喊聲中，那個看起來很寂寞的我，緩緩化為光點消散，再也不存世間。

……!!

從記憶中清醒過來，我感覺到一陣悚然。

「我……曾經死過嗎？」

「那並不是幻象，而是真實發生過的事……」

但是，這次在記憶中我有了巨大的收穫。我終於看清了那少女的長相。

我發呆片刻，同時又理解了一些事。

「不對，這不光是我的記憶……有些事情是我的角度無法得知的事。也就是說，剛剛那回憶，也包含了這個少女的記憶在內，是從狐面墜飾裡傳達過來的嗎……？」

我與她，兩者的記憶正在逐漸融合，進而組合出真相。

但同時也帶出更多謎團。

「晨曦……在我的記憶裡，晨曦應該是風鈴，但是那個粉櫻髮色的少女，卻聲稱自己才是晨曦……

「究竟誰才是晨曦……究竟哪方的記憶才是真實的……」

我不瞭解。或者說，瞭解越多就越是恐懼，彷彿正在打開禁忌的潘朵拉盒子那樣。但迫切得知真相的心情，卻讓我無法停下動作。

此時，小面具串起了四、五個，離狐面墜飾組合完畢，進度大約是一半。

我繼續將面具串聯下去。

回憶的畫面，也隨之不斷湧出。

在那似真似幻的回憶裡，我聽見了少女站在頂樓的低聲自語。

她的髮色已經由粉櫻色轉為銀白色，神情無比堅毅。

「柳天雲……

「曾經的你，拯救了沒有任何目標的我，讓我動筆開始寫作，交到了朋友，進入了怪人社，找到了人生目標……

「這一次……輪到我來拯救你了。」

那之後，過去了半小時，晶星人隨之降臨。

教學大樓頂樓的生鏽鐵門，再次被咿呀一聲地推開了。

銀白色長髮的美少女，轉過身，以盛氣凌人的態度，對著一臉困擾的黑髮少年展開颯爽發言。

「好！以後你就是我的奴隸……呃，就是我的徒弟了。

「為了方便稱呼，之後你就叫做弟子一號，一切都要聽我的話，懂嗎？

「我說只能往東，你不能去西；我說東西南北都不准去，你也得乖乖聽話。」

「……師父，那我就無處可去了。」

「蠢材！我的弟子一號竟然說不到三句話就使我蒙羞，你難道不會往天上飛？」

幻象在我面前一幕幕閃動。

自稱幻櫻的銀髮少女，在與我邂逅後，兩人一起加入了怪人社。

始終在C高中內維持十九名的幻櫻，一直在角落裡觀察著大笑。漸漸地，雖然偶爾她還是會笑，笑容卻慢慢變得越來越少。

最後，在A高中棋聖使用「詛咒草人」入侵的一戰裡……為了拯救大家，始終維持低調的幻櫻挺身而出。

「柳天雲，晶星人降臨後，已經過了快半年了。之後你也會與怪人社的成員一起……拚命修煉贏得比賽，在最終一戰後，讓所有人回到現實世界吧？

「之後，你可能會忘記很多很多事，但是不管發生什麼事，都絕對不能再放棄寫作，知道嗎？

「即使遇到了很嚴重很嚴重的打擊，也要在痛苦過後，重新站起來，明白嗎？」

彷彿臨別前的話語，在那時的我的耳邊不斷響起。當時的我……不瞭解幻櫻話中的深意。

但是，那並不妨礙幻櫻對我展露最後的笑顏。

「樹先生，花開了呢。」

那之後，幻櫻消失了。

而我們的記憶也遭到竄改、封禁，被毀壞得不成模樣。

在狐面墜飾完全組起的那一刻，我忽然跪倒在地。

……雙腿止不住劇烈的顫抖。

與此同時，我感受到強烈的痛楚……

……那是來自記憶深處，有如撕心裂肺般的痛楚。

所有的疑惑，所有的記憶，都在狐面墜飾完成的那一刻獲得解答與取回。

謊言與真實，過去與現在，堪稱醜陋的事實在遭到曝光的此刻，那令人無比恐懼的事實，使我幾乎就要發狂。

嗚……

——我在那幻象中，看見了遭到無數年之久折磨的幻櫻。

她明明可以拋棄選擇C高中獨自存活，但她還是走進飽含痛苦的煉獄中，選擇犧牲幾乎是自己所有的壽命，讓時光倒轉，開啟第二輪的時間線。

呃嘔……

以手掌緊緊抓住自己的臉，有種猛烈的罪惡感正在湧上。看見事實的我，正因為自己過去的快樂，甚至是那不該產生的得意洋洋……受到強烈無比的譴責。

這是我第一次明白，原來強烈的罪惡感與愧疚會使人痛徹心扉。

「不該是這樣的……不該是這樣的……」

但徹底自記憶深處甦醒的事實，在在提醒著我事情的真相。

……幻櫻她就是晨曦，明明寫作實力很厲害的她，因為與晶星人女皇訂下契約，導致出手應付敵人就會使壽命縮短、甚至瞬間歸零……這是何等惡毒而不合理的契約。

但是，為了回到過去，幻櫻還是立下了契約。

身為傳奇詐欺師的她，比任何人都還精明的她，在立下契約時卻沒有半點猶豫。

「是因為我……」

「我只是想看看，你過得好不好。」

晶星人的機器，九千九百九十九號裡所傳達的幻櫻的最後影像，她曾經對我這麼說。

「是因為想拯救沒用的我，讓一蹶不振的我重拾寫作……她才會放棄了自己的生命，回到過去，也就是現在這條時間線……

「幻櫻……是用她的命，來換我的命……」

我是早已逝去之人，如今還能苟活於世上，全部都是因為幻櫻的犧牲。

在上一條時間線，我本來放棄了寫作，就連寫作者都稱不上，毫無價值可言。

但是，如此毫無價值的我……在以幻櫻的命換來續活的資格，在現在這條時間線……卻在被低年級後輩稱呼「大英雄」時，產生過沾沾自喜的情緒。

僅困擾於自身多餘的煩惱中，在怪人社裡厚顏無恥地過著快樂的日子，將幻櫻所有的付出都拋諸腦後，這就是我……柳天雲的所作所為。

……不可原諒。

……不可原諒!!!!

呃啊啊啊啊啊啊——!!

……痛苦。

過去與現在的所有記憶，在融合為一的這刻，帶來了鑽心刺骨的痛苦。

「呃啊啊啊啊啊啊啊啊啊——!!不對……事情不該是這樣的……不該是這樣的!!幻櫻不該死，我才是該死的人，把幻櫻還回來——!!」

那股痛苦使我滿地打滾，整個身體像蝦子一樣弓了起來。一直抓著臉的手指，指甲也深深陷入了臉頰裡，很快就有血流出，滴到了地板上。

彷彿有一隻看不見的隱形大手在操控我的命運一般，那命運之手的主人，正一

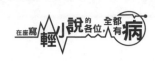

步步把我帶向黑暗的深淵，逼迫我墮入其中。那深淵有與罪惡感相匹敵的深度，直到靈魂消散為止，都必須徹底體會墮落時的絕望。

無比的痛苦持續了大半夜。

到了最後，我腦海一片空白，彷彿心神已經被消磨殆盡，再也無法正常進行思考。

「……」

但是，就在第一道晨光破曉……透過窗戶，照在我的手上的瞬間。

「晨曦……」

我盯著那道光，忽然想起了某件事。

「晨曦代表著希望……既會消失，也會在明日重新復甦……」

我慢慢坐起身來，望向自己滿手呈現暗紅色的手掌。我的臉上早已全是傷痕，手上所沾的都是乾涸的鮮血。

「既然晶星人女皇可以倒轉時間，使我復活……那幻櫻……一定也可以復活。」

想到「幻櫻一定也可以復活」這個念頭，我忽然聯想到六所學校被集合死戰的目的。

「復活……願望……只要成為『最終一戰』的最終勝者，我就可以獲得願望……」

「有了願望，我就能讓幻櫻……再次活過來……」

一切彷彿都變得順理成章。

幻櫻拚命練習寫作，以願望拯救我，那我當然也要給予相同程度、不，更多的敬意，奪得最終之戰的冠軍，以願望拯救幻櫻。

……瞬間。

在想到這個可能性的瞬間，我忍不住再次用手按住臉，內心無比激動。

「哈……哈……」

我想要為了慶祝覓得希望而笑，但卻笑不出來。

彷彿在短短一夜之間，就忘記了如何大笑一般，我的笑聲既嘶啞又難聽，反倒更像哭聲。

「願望……願望……我要讓幻櫻復活……」

「不管付出什麼代價，不管誰阻擋在我的面前，我都必須讓幻櫻復活……」

在過去，替C高中出戰，取得勝利，本來就是我的目標所在。

現在，雖然前進的方向是相同的，獲勝的念頭卻強烈了十倍、百倍、千倍……我可以為此付出所有，甚至是自己的性命。

「想要贏的話……也就是我必須戰勝怪物君……還有輝夜姬……」

——!!

就在想到這兩人的時候，我忽然想起一件事。

「怪物君……很強……我沒有十足的把握戰勝他，憑現在的我……勝算……並不高……

「但是，現在還剩下一次友誼賽的機會。只要這月底C高中出戰，贏過A高中後取得第二名，就可以再順勢往上挑戰怪物君，藉此試探他的斤兩，從而讓勝算大幅度提升，更加接近勝利……」

此時，我又忽然想到另外一個可能性。

「等一下……」

我仔細回憶著過去，輝夜姬在怪人社裡學習時的點點滴滴。

雖然輝夜姬因為身體太過虛弱，但在互相交流時，只需她偶爾提出一點意見，就足以讓包含我在內的所有社員獲益良多。

輝夜姬因為長期在房裡讀書，她對於寫作的鑽研深度，那浩瀚如海的知識量，可以說是無人可及。

「輝夜姬……很強，非常強。如果她在最終一戰裡全力出手，我也不一定能夠穩勝她……」

「但是，如果不能贏過所有人，我就不能取得願望……我需要願望……必須拿到願望……才能拯救幻櫻……」

再者。

「再者，在最終一戰裡，如果比賽賽程不巧，必須與輝夜姬進行寫作纏鬥的話，即使能夠得勝，也沒有精力再去對付怪物君了……就算我再怎麼強，也不可能應付輝夜姬與怪物君的車輪戰……」

像是在替即將崩壞的內心尋求救贖，我不斷喃喃自語。

「也就是說……我必須把局面控制在能與輝夜姬……或是與怪物君的一對一對決，這是最理想的情況。」

想到緊張處，我又開始抓自己的臉，已經結疤的傷口再次被撕開，鮮血重又淌下。

「但是我無法事先預知比賽內容……靠著運氣安排的話，風險太大……該怎麼辦……怎麼辦……怎麼辦……得想想辦法……想想辦法……想想辦法……」

……怪物君的情報竄過我的腦海。

……輝夜姬的情報也竄過我的腦海。

在那雜亂無章的大量情報中，我忽然看見了一條路。

一條……可以完美銜接思考，解決所有困擾的路。

「……還剩下一次月模擬戰對吧？所以，C高中可以挑戰A高中一次。」

咬著染血的手指頭，我嘴裡嘗到了血專有的鐵鏽味。

在無意間，我看向房間裡的鏡子。鏡子裡的我……臉上布滿了抓痕，尤其有三道深深的傷痕從左額一路穿過鼻梁往下，貫穿到右邊嘴角處，那相貌看起來變得無比猙獰。

「只要在月模擬戰裡解決輝夜姬……讓健康不佳的她失去戰鬥力，這樣在最終一戰裡，她就不足為患了。

「用類似『詛咒草人』的道具去攻擊A高中，以A高中的學生性命作為籌碼，逼迫輝夜姬全力出戰……盡量把戰局拖長……甚至根本不用戰勝她，時間一到，她就會自動吐血倒下……再也爬不起來……」

哪怕卑劣，哪怕無情，綜觀戰局，這依舊是最佳的戰術。

——但是。

就在想到這裡的時候，過去與輝夜姬共處時，那珍貴無比的回憶，在這一刻全部湧上心頭。

「這、這個東西送給您!!」

「啊……送給我?可以嗎?」

直到看見這件和服的瞬間，我才終於瞭解……為什麼輝夜姬從進入怪人社開始，只要有空閒時刻都在織和服。這行為明明就會消耗輝夜姬的體力，但她還是樂此不疲。

我曾經以為是她的和服不夠穿，但現在看來，我果然還是太過遲鈍。

憶起過往的點滴，我忍不住流下淚來。

毫無疑問，我與輝夜姬已經是朋友。

如果以A高中的子民做為威脅，秉持大義的輝夜姬肯定不會獨善其身吧。就算明知是陷阱，她也會不惜性命來阻擋我。

但是……

「怎麼可能……做得到啊……」

「輝夜姬是我的朋友，一再給予我救贖……面對這樣子的她，我怎麼可能……下得了手……」

踐踏A高中，踐踏輝夜姬對我的信任，一路殺到怪物君的面前，這才是最好的做法。

可是，我根本做不到。

天真無邪的輝夜姬，多次對我表達無比的信任。即使身為敵人，她也沒有對我有半絲懷疑產生過。

想到輝夜姬的神情笑貌，想到我與她的交情，眼淚始終無法停止。

唯有解決輝夜姬，才是邁向勝利的根本之道。那道路或許黑暗、泯滅人性，但卻是最穩妥的走法。

就這樣，我哭著……哭著……甚至連門都沒有出，當然也沒有去怪人社。

哭了好久好久，隨著朝陽升起，夕陽落下，黑夜重新降臨。

當我於深沉的黑夜重新站起時，無盡的眼淚早已化為內斂的悔意。

只是，那悔意不足以影響我的抉擇。

我不想傷害輝夜姬。

除了傷害輝夜姬之外，所有的方法我都可以接受，哪怕要我付出一切也無所謂。

可是。

可是，在腦海掠過如此念頭的瞬間，我忽然領悟到另一件事。

現在我已經記起無數回憶，很有可能，過去夢境中不斷閃過的血與火，在暗示著得知幻櫻的死訊後的某種未來，我墮化為寫作之鬼……為了確保勝利，親手殺死了輝夜姬。

本來未來不會改變，然而，現在我的選擇卻出現了分歧。

為什麼會有所改變？

我握緊手上的狐面墜飾，在沉默中，找到了答案。

「……是幻櫻。」

「幻櫻不止拯救了我的寫作之道……也拯救了我的心，給予身為獨行俠的我……獲得摯友的可能性，治癒了內心出現的重重裂痕……」

「真誠的朋友、快樂的生活、響亮的名聲、無比的信心、強大的實力……幻櫻替我帶來了改變，帶來了一切，作為代價，她自己卻死了……」

是啊，幻櫻改變了我。

現在的我，與以前那個只會自怨自艾的柳天雲……已經不一樣了，徹頭徹尾不一樣，變得很堅強很堅強。

所以，已經變得堅強的我，絕對會拯救妳……幻櫻。

「……無論如何，我不會放棄。我要拯救幻櫻，一定要。」

如果玩弄我命運的是這蒼天，那我就連蒼天一起踐踏。

思及此，向著該死的蒼天，我拼命大喊出聲……道出一切的終結，與一切的開始。

「如果歲月要阻斷我們相見，我就扭正這歲月……」

「若是命運要斬斷這羈絆，我就撕開這命運……」

五指戟張向著蒼天——向著比蒼天更高的地方!!我全力以赴、發出負傷野獸般的掙扎吼聲。

「就算是天要妳死，我也會把妳奪回來——!!」

後記

大家好，我是甜咖啡。

距離上一集的出版，已經過去一些時間，很高興能與大家再次相見。

本集《有病09》，揭露許多伏筆，前半段是與沁芷柔的過往。有讀者事先猜到這點嗎？

在《有病06》裡柳天雲有提過堆沙堡的事，而《有病零》裡差點撞到隼的金髮小蘿莉，當然也就是沁芷柔。

關於沁芷柔，咖啡耗費相當多精力去描寫，希望大家會更加喜歡她。

坦白說，這個金髮碧眼的傲嬌大小姐，是《有病》系列裡，對咖啡個人而言，是一個相當具有挑戰性的角色，要進行有趣的描述，比其他角色難度高出許多。

順帶一提，咖啡個人寫起來最容易的是柳天雲與桓紫音老師。

接著，來提提目前展開的主線劇情。

柳天雲終於想起幻櫻的存在，之後的劇情會更加精采有趣起來。

其實，從故事進展到一半時，就有不少讀者擔心本作後期會變得極其黑暗，關於這點大家可以放心。

從以前到現在，始終有治癒系作家、劇情大神官之暱稱的咖啡，不會讓大家覺得失望哦。

連載了將近三年，大家也陪伴了咖啡將近三年，《有病》系列終於來到最治癒，也是最有趣的階段，相信大家會滿意接下來的劇情發展。

今後我也會繼續加油，努力把輕小說寫得更好。由於《有病》系列已經進入後半段，如果日後有另外的新作出版，也會在後記向大家報告。

最後，非常感謝各位購買本書，大家的支持，是本書能持續維持活力的重要關鍵，咖啡十分感激。

另外，這是咖啡的FB：https://goo.gl/XY1rWw（新FB，之前的FB已停用），與粉絲團：https://goo.gl/WSgEsg 喜歡本作的朋友可以加我好友，或者到粉絲團追蹤我。

那麼，我們下一集再見。

浮文字

在座寫輕小說的各位，全都有病 9

著　　者／甜咖啡
榮譽發行人／黃鎮隆
總 經 理／陳君平
經　　理／洪琇菁
總 編 輯／呂尚燁
封面插畫／手刀葉
美術總監／沙雲佩
美術編輯／方品舒
執行編輯／曾鈺淳
企劃宣傳／楊玉如、洪國瑋
國際版權／黃令歡、梁名儀
內文排版／謝青秀

出　　版／城邦文化事業股份有限公司 尖端出版
台北市中山區民生東路二段一四一號十樓
電話：（〇二）二五〇〇—七六〇〇
傳真：（〇二）二五〇〇—二六八三
E-mail：7novels@mail2.spp.com.tw

發　　行／英屬蓋曼群島商家庭傳媒股份有限公司城邦分公司 尖端出版
台北市中山區民生東路二段一四一號十樓
電話：（〇二）二五〇〇—七六〇〇（代表號）
傳真：（〇二）二五〇〇—一九七九

中彰投以北經銷／楨彥有限公司（含宜花東）
電話：（〇二）八九一九—三三六九
傳真：（〇二）八九一四—五五二四

雲嘉經銷／智豐圖書有限公司 嘉義公司
電話：（〇五）二三三—三八五二
傳真：（〇五）二三三—三八六三
客服專線：〇八〇〇—〇二八—〇二八

南部經銷／智豐圖書有限公司 高雄公司
電話：（〇七）三七三—〇〇七九
傳真：（〇七）三七三—〇〇八七

香港經銷／一代匯集
香港九龍旺角塘尾道六十四號龍駒企業大廈十樓B&D室
電話：（八五二）二七八三—八一〇二
傳真：（八五二）二五八二—一五二九

新馬經銷／城邦（馬新）出版集團Cite（M）Sdn. Bhd.
E-mail：cite@cite.com.my

法律顧問／王子文律師 元禾法律事務所
台北市羅斯福路三段三十七號十五樓

二〇一八年十一月一版一刷
二〇二一年九月一版三刷

■中文版■

郵購注意事項：
1.填妥劃撥單資料：帳號：50003021戶名：英屬蓋曼群島商家庭傳媒(股)公司城邦分公司。2.通信欄內註明訂購書名與冊數。3.劃撥金額低於500元，請加附掛號郵資50元。如劃撥日起 10～14日，仍未收到書時，請洽劃撥組。劃撥專線TEL：(03)312-4212 ・ FAX：(03)322-4621。E-mail：marketing@spp.com.tw

國家圖書館出版品預行編目資料

在座寫輕小說的各位，全都有病9 / 甜咖啡 作.
--初版. --臺北市：尖端出版, 2018.11
冊 ; 公分
ISBN 978-957-10-7858-8(平裝)

857.7 106002403

在座寫輕小說的各位，全都有病

在座寫輕小說的各位，全都有病